令和の終末時計　上辺だけの多様性

～アスペルガーの私に見える世界と光景～

あすか

みらい
PUBLISHING

~もくじ~

まえがき

真っ白なノートに書いた人生の未来地図。未来を伝え希望を与え発信する革新的な「自伝」が頭の中に浮かんだ。私という個性的な人間だからこそ感じる表現と世界が舞い降りてきたことを意味する。その瞬間と場面は不思議な存在であって、葛藤や絶望を繰り返し続けた人間にしか見えない光景である。

価値観のない社会。人間が作り出したすべての存在が砂の城のように崩壊する現状に、悲しい出来事を無理にでも忘れさせようとする、この社会の理不尽さを目にして幸福と言えるのか？　最悪なことに「令和の終末時計」の秒針が、この瞬間にも刻まれていることが最悪の状況であると知ってしまった。その刻まれた「終末時計」は私たちの身近にまで反映されていることを多くの人に知ってもらわなければならない。上辺だけの偽りの多様性、教育現場の汚染、エゴイズムによる格差や政治不信の実態、原発再稼働の問題。発達障害を含める差別と誤解。すべてにおいて私自身の経験から目にしてきたことであって、完全に「愛」が無くなってしまった現実社会に悲しみを隠せないと同時に、強い危機感を感じている。本当にこのままでいいのだろうか？　拡散し増殖するエゴイズムという悪魔。

最悪のシナリオの存在。この「自伝」は終末時計をストップすることのできる最後のチャンスであり、真実を伝えなければならない警告の役割を果たすだろう。

感染症防止のワクチンのように……

さまざまな事情によって多くの苦しんでいる人達を救いたい。アスペルガー、自閉症スペクトラム、その他の発達障害の人たちにも多様性という道、多様性という大きな選択肢を与えられる社会の実現や周囲の理解を広めていける環境にしなければ、何年先もこのままの環境が続くに違いない。限定的な一つの選択肢を与えるのではなく、多くの選択肢を与え、個性や特技を引き出して伸ばしてあげられる本来の多様性を広めていけるようにする目的こそ、この「自伝」の大きな要である。

しかし、それには「令和の終末時計」をストップさせ、革命的な考えと行動で進んでいく他はない。経験談を踏まえた真実を伝えていきながら、今後の大きな教訓に繋がってくれるように事を進ませることができればと。

序章 「プロローグ」

本来の多様性とは、まだ雨があがったばかりの光景に過ぎない。いつ再び、雨が降り出すかわからない現状という不安や恐怖が残る。すべてにおいて人間の原風景とは何か？　本来の多様性とは、いったいどんな原風景なのだろうか？　この革新的な「自伝」から一日も早く、そんな光景を見つけ手にしたい。

助けておくれ！　信じておくれ！　そう叫ぶように……

生きづらい現状の社会に強く嘆いている。黒い、暗い闇に包まれていく、この社会に、誰に助けを求めればいいのか？

人間が作り出したすべてのエゴ（存在）が、砂の城のように崩れかけている現状の社会……　欲望は罪のない美しい環境に放射能を流し続ける行為。悲しい出来事を政治家は無理矢理忘れさせようとする政治と社会の現状。令和の終末時計が動いた証拠（こと）を意味する。繰り返すなと叫びながらも、二度と戻らない掛け替えのない存在。それでも人間の心は悲しいものだ。錯覚する精神から生み出される命と金を引きかえる人間の汚染。間違いなく「令和の終末時計」は、私たちの身近にも大きく強く反映されていることを一人でも多くの人間が知っておかなければならない。そんな意識が必要のある時代になってしまったことを意味するのである。残念に他ならない。冷静さを取り戻し、考え続けた結果、私のこの革新的な「自伝」は、ワクチン的な「令和の終末時計」をストップすることのできる「説明書」であると確信している。そう確信してもいいのではないだろうか。多くの人に「令和の終末時計」の事実を伝え、「上辺だけの多様性」を何としても解消させるようにしなければ、この社会は汚染され消滅する。そう強く言っておく必要があるということを……

アスペルガー症候群の私。これまで、いや現状においても、語り切れない多くの経験を目の当たりにしている。それが運命というものなのだろうか。こうした心境の中、初めに伝えておきたいことがある。「自伝」というものは、自身の経験談を中心に伝える内容もあれば、経験談だけでなく挫折や葛藤の中で得た思いや考えを伝える中で、これから先の「未来」のことを伝え続ける予言書のように革新的な「自伝」があっても、いいのではないだろうか。私が日々書き続ける「自伝」は、後者にあたるだろう。むしろ、それらを「多様性」と主張しても過言ではない気もする。これからの時代や社会において、それらの「自伝」から、何らかの革新的かつ革命的なメッセージを発信していきながら、大きな将来における可能性へと繋がってほしいと数年前、いや一〇年以上前から思い続けてきた。しかし、なかなか形すらなっていない葛藤の連続に何度も心を痛めた。

愛読書である『アルジャーノンに花束を』への深い思いをこれから伝えたい。

「自伝」に例えるならば、令和版の『アルジャーノンに花束を』であると思い続けたい…… 主人公は「私」ではなく、主人公は「未来」である。今こうしている時にも、葛藤や挫折などで苦しんでいる人が多くいる現状において、何らかの方法で救いたい思いが私にはある。しかし、発達障害を含め、アスペルガー症候群の人間にとって生きづらい社会になってしまったことを、多くの方々に知ってもらいたい。

以下、私の「自伝」の一部を伝えることにしたい。長年の間、ノートに書き留めたものである。実を言えば二年前から今日まで、「自伝ブログ」を書き続けている。観覧数は、さっぱり増えないが（観覧数が〇の時もある）、ブログ以外に、ノートに書き溜めた未公開記事も多く存在する。まとまりに欠けているが、この経験から得た思いや考えを、何かしらの将来に繋げていきたいと思う。本来の多様性を信じていきながら。

「今、失われたものを求めて……」

何より本来の多様性を求めることができるように、そう主張ができる日を目指して、毎日の中で懸命に歩き続けている。簡単ではあるが、「企画としての原稿」として正直に伝えていくことにしたい。そう心に決めた瞬間に繋がったことに、心から感謝の気持ちを、ここに示したい。初めに言っておかなければならないがアンバランスという体調の関係で文章がまとまっていないが、それだけ多くのノートなどがあるだけに、この企画書を要約するのも死に物狂いであった。


突然、振り返れば銃声の音。一瞬の出来事だ。銃の引き金を引くのは周囲の心無い行為や言動、否定や見下されること……　発砲された銃弾は、私の心に命中する。倒れ込む私の姿。もがき苦しみながらの叫び声。すぐには立ち上がることができない。そんな姿や光景を周囲は目にしても助けることもなければ、時として冷たく凍えた身体に毛布すらかけようとはしてくれない。見て見ぬふりだ。何度も味わい続けた屈辱的な経験で深く心が傷ついてしまった。完全にノックアウトされたと言ってもいい。誰も信用すらできなくなってしまった後遺症を負ってしまった現状の姿。ただただ恐怖と孤独との闘いが続いている。私の日常と言っておきたい。そう言っておかなければならない。


私の日常という世界。先の見えないトンネルの中を歩く孤独感。迷路の中と言ってもいいだろうか。窓の外では太陽の光で晴れているのにもかかわらず、心は恐怖という光景に苦しめられている。今にも、とんでもないことが起こるかもしれない胸騒ぎ……

それが恐怖でならない。

その光景は、白い画用紙に絵の具を使って描けるだろうか？　私はどんな色の絵の具を使って描くのだろうか？　想像してもわからない。それがどんな世界かも、どんな光景かも、わからない……　私以外の多くの人間は笑っているが、果たして心からの本当の笑顔なのだろうか？　本当に幸福と感じているのだろうか？　愛はあるのだろうか？

「過去（あの日）の悔やみ」からのフラッシュバック。発砲された音は今でも消えることはない。どんな人間も、強い心の持ち主も、弾丸を避けることはできない。避けきれることもできない。「言葉＝発言」という凶器の存在……

令和の終末時計が頭によぎった。偽りの多様性はもう嫌だ。本当の多様性を実現させたい。自らの革命を起こすしかない。

いま、失われたものを求めて。

そう、この複雑な道を歩く決心をした。

私のこと

冷たい現状と葛藤している私。今すぐにも心が折れても、おかしくない。真面に相手すらしてもらえないこと、輝いている人がいて、そうではない人がいる。再び、先の見えない、どん底の世界に迷い込んでしまった。

二〇一八年一月。

窓の外では雪が降っていた季節に、ある決断を抱きながらキーボードを打ち始めたことは、昨日のことのように感じられる。再びキーボードを打ちながら書き始めたい。

毎日、本当に数多くの気持ちが生まれ、その大半が戸惑いから葛藤する思いと闘っている。最近は、より大きな恐怖を再び感じるようになった。ハッキリ言えば邪魔で仕方がない。今にも心が泣き出してしまいそうだ。取り乱すこともあるくらい、過酷な環境だと理解して欲しい。悪いことは重なる通り、眠っていた果てしなき野望との闘いが私を苦しめる。本当に辛い。より強くなったアプレゲール。この数ヶ月の間に、ユートピアの世界に足を入れることができた。念願だった世界への居心地は、実に優越感と言えるし、大金を手にした気持ちと同じである。これまでの自分が、バカバカしく感じられた。優越感に浸っていた私は、華やかなレストランの真ん中にいたのではなく、レストランの片隅にいたのだ。大きな勘違いをしていた。そんな時間を過ごしたことから、どん底へと戻ってしまった。錯覚の夢から覚めた現実に当然、何も残らない。残ったのは人生の大借金。

今の私を例えるとすれば、「白い絵の具」だ。絵を描く時に、白い絵の具で描くことはないだろう。基本、用紙は白い。白い絵の具は、色を作る際に他の絵の具と混ぜて使用する。どんなに質のいい高級な白い絵の具でも、どんなに美しい物でも、一色では使うことも絵を描くこともできないし、何かの色と混ぜなければ力を発揮することもできない。そう思うと、現在の私と一緒であることを理解できる。いつか、色鮮やかな赤い絵の具で、人生という絵を描きたい。もう誰にも、何も言わせない。自由という瞬間を過ごしたい。

幼少期から大きく人と変わっていた。今思えばこの時期から個性的であった。そんな私を当時から周囲は心配をする。時には色眼鏡で見られることも少なくはなかった。幼い心の中には常に不安や恐怖が私を大きく苦しめていた。幼少期には回り続けている扇風機を怖がっていた記憶が甦る。幼稚園の年中には、ある医療機関内にある児童心理治療施設という外来に通院した経験を持つ。親はカウンセラーとの面談の中、私は別の部屋である指導員と玩具がたくさんある部屋で遊んでいた。一つの心理学的なプログラムだったのだろう。その場面は今になっても忘れることはない。鮮明に当時の光景が目に浮かぶ。その治療プログラムが良かったのだろうか？　その後において多くの葛藤や挫折、時には多くの障害があっただけに。

一九九六年二月、小学三年生の時期から中学三年生まで不登校を経験。

中学校の三年間は一日も登校もせず、授業も受けていなかった。当時は、まだ不登校が周囲には理解されない時代であり、私は周囲・近所から犯罪者のように見られていた。まるで当初の新型コロナウイルスに感染した人間と同じであるかのような冷たい卑劣な攻撃をされたこともあった。そんな中、小学校側も担任も味方にはなってはくれず、多くの誤解やトラブルも存在した。担任と家族の冷戦。こんな場面を幼い頃から何度も目に焼き付けられたせいで、私は教育関係者が嫌いであり、信用することもできない。正直に告白をするが、私は担任から卑劣な「いじめ」をされていた。それは脅迫に近いことだろう。まさに警察の取り調べと同じ行為をされ続けた。

校長も校長だった。それらの場面は、二〇年以上が経った現在においても鮮明に記憶しているものだ。幼い頃の出来事こそ、天国と地獄の紙一重だと思っている。何もかも途方に暮れている時に、ある偶然の出来事から一人の臨床心理士と出会うことになった。一つの運命的な出会いと言っておく。臨床心理士とのカウンセリングの中で多くのことを教わった。まさに人生の学びであったことに違いない。けして学校では教えてはもらえない。カウンセリングの時間の中で、映画の世界を教えてくれたことが人生の転機であるだろう。映画で人生を学んだと言っても過言ではない。この頃から実に多くの映画を観るようになった。

小学生時代から伊丹十三、黒澤明、北野武、山田洋次監督の映画を観て衝撃を受けた。映画の中から人生を学んだ。幼いながらにも自分でシナリオを書いたことも。すべてにおいて映画監督のような世界観を持っていた。ドラマでは「失楽園」に大きく関心があり周囲から心配される場面もあった。恩師からは強いご指摘、ご批判があったものだ。現在でも多くの映画を観ながら、自分らしい世界観に磨きをかけている。最近ハマっている映画は、西部劇を始めとするマカロニ・ウエスタンである。

小学校五年生の頃、市町村が管轄するフリースクールに近い環境の場に通い、学習や活動をしていた。不登校の生徒が集まるフリースクールに近い環境の場と言っておこう。中学を卒業するまで、毎日通い続けていた。私はリーダー的な存在でムードメーカーだった。

二〇〇五年四月、専門学校に入学後、わずか一ヵ月後に、これまで経験したことのない強い精神面の不調を感じ、六月に精神科を受診し通院を重ねる中で「うつ病」と診断されたが、のちに誤診であったことに気づく。医者の指示通りに従い多くの薬が処方され、抗うつ薬「パキシル」を始めとする、複数の向精神薬や精神安定剤、最悪の結果を招いた複数の睡眠薬を服用。多い時期では一日に一〇錠の服用後、一瞬でかつての日常を薬によって奪われた。そして地獄の人生が幕を開けた結果になってしまった。睡眠薬の副作用で日中は眠気との闘いに、今思えば生死をさまよっている夢の世界だったことを忘れることができない。自分であって自分ではない薬の恐ろしさ。本当に意味のある治療であったのだろうか？　もっと早くに間違いであることに気づけばよかった……　そんな薬漬けの生活を繰り返す毎日にとうとう最悪の事態が訪れる。十二月、精神面において自らのコントロールができなかったことで別の主治医を受診。その際に「アスペルガー症候群」と診断された。私の場合、薬は必要なかったとのことを知った瞬間だった。それには驚きを隠すことができず、私にとっての人生において一つのページが捲られた瞬間になった。これからは「アスペルガーの自分」と付き合っていかなければ……

その後も外来での通院を重ねながら数多くの葛藤や挫折、波乱万丈という日々が続いていった。睡眠薬を自力でやめようとした結果、眠れない毎日が続き、挙句の果てに風邪をこじらせ意識を失ってしまったことも経験。二〇〇九年には限定的なプログラムとして行っていたSST（ソーシャル・スキル・トレーニング）に参加をしていたこともあり、同じ境遇や発達障害などの仲間たちとの交流に始めは楽しい空間だったが、二〇一一年に仲間同士のトラブルを経験し、その後SSTは幕を閉じた。いつも信じられない結果との遭遇に何度も辛い思いをしてきた。外来も同じことを繰り返すだけのものでしかない。何度も主治医との間で誤解や失言に心を痛めた。医者は神様でもなければ、患者の将来のことなど考えてもない。もう将来など失ってしまったと思うしかなかった。

主治医の異動の関係で、二〇一二年に新しい主治医が担当することになった。先生は、これまで出会ったことのない革新的な方針であり、前向きな外来になった。その中で抗うつ薬「パキシル」の服用をやめることを決心した。主治医に相談した結果、容易なことではないと言われ、下手をすれば入院になってしまう可能性も。次の外来日までネットで調べて理解した上で判断すると言われた。私は決断した。絶対に薬をやめたいと……

二〇一二年の春、徐々にではあったが、抗うつ剤を減らすことがスタートした。予想していた以上に過酷だった。もちろん離脱症状に近いこともあり、テンションのハイアンドローが激しいこともあった。その中で、ふとした偶然であるサークルのメンバーになった時期が四ヵ月あり、交流を重ねた結果、小さなトラブルに繋がってしまった。もちろん私の離脱症状というものがあったのも事実であったが、サークルメンバーの「エゴイズム」的な態度も許されることではなかった。私はメンバーを去った。

二〇一三年九月、抗うつ剤の服用を完全にやめられることができた。（一年半でやめられることができた。）だが数週間後、いくつもの症状が私を苦しめた。息ができなくなってしまったこと、強い動悸、胃の不調など。薬の服用期間の間、三回の胃カメラ検査を経験。ここで言っておきたいことがある。薬の服用をやめたからと言って空白の期間が戻って来るとは限らない。むしろ「失われた存在（もの）」や、人生における掛け替えのない財産を失ったことを意味する。残念だが完全に元の姿に快復することもない。私の場合、薬の服用をやめてからの方が葛藤や挫折、時には押しつぶされる強い絶望感に苦しんでいることが多かった。もちろん現在においても現実社会との理不尽さ、葛藤や挫折、恐怖や不安、被害妄想的なことに苦しめられていることを伝えておきたい。

初めに言っておきたいことがある。私は、これまで定職経験がない。振り返れば、定職に就いてないことを含め、自らの現状のことで周囲からは、頭ごなしに誤解や否定、当て付けのように批判（責められたこと)、叱責された辛い思いや経験をし、傷ついたこともあった。自らのことを一方的に否定されたこともあり、懐疑的になった時期もあり周囲はまるで、マスコミ・週刊誌(醜聞)のようだった。信頼をしている人間から裏切られた経験から、それらのトラウマ、フラッシュバックが悪魔のように私を苦しめることも。

アスペルガーは、障害でも病気でもない。しかし現状を見れば、周囲や身近な人間、最悪の場合、家族までもがそれを病気であると一方的に決めつける。裏でコソコソとすることや、色眼鏡で見られること、そうであると判断されることもあるのだから、本当に心が傷つくばかりだ。そんな現状を言っておかなければならない。人権を無視されることもある。運が悪いと思うべきなのか? それで片づけていいのか? そう泣き寝入りをしなくてはいけないのか? 何度も何度も、そんな場面に遭遇することがあっただけに、心は傷つき複雑な思いになった。何を言っても「何逃げてるのか!」と、激怒され聞く耳すら持ってくれない。正直、この瞬間も同じ場面に遭遇するのだから、先の見えないトンネルの中を歩いていることは本当に過酷で仕方がない。生きる意味はあるのかと、何度も思ってしまうこともある。生きづらさが増していく。そんな世の中でいいのか? これからの未来は明るい平和な世の中が実現するのだろうかと、希望すら感じられない。いや、そう思えなくなってしまった。欲望は罪のない海に放射能を流し、悲しい出来事や存在を無理に忘れようとする社会の姿。

そんな社会の環境を変えなければ多様性は成立しない。

自身が経験から学んだこの一五年以上の間(二〇〇五年~)、さまざまな数え切れないことがあり、思考力や冷静さを失っていた時期もあった。簡単に一言の言葉として表すことは難しいが、すべては光の見えないトンネルに迷い込み、完全に栄光が消え、時間がストップするという空白の期間だった。長い空白期間の中で、自由も奪われ多くの葛藤や挫折、悲しさ、絶望と孤独、たくさんの場面に遭遇した。

二〇〇五年からの経験や体験（悲しかったこと・辛かったこと・嬉しかったことなど）、すべての思いや考えを、一人でも多くの人に伝えたい。今こうしている瞬間にも精神的において苦しんでいる人、過去のトラウマに苦しむ人、誤解や批判、偏見で辛い日々を過ごしている人、発達障害、自閉スペクトラム症など、さまざまな面において精神的な病と闘っている人がいる。「自暴自棄になってしまい自分自身の将来など終章してしまった…」と思ってしまい絶望してしまうことも当然あるだろう。だが、それは大きな間違いであって、まったくそんなことはない。考えても思ってもいけない。ただのパラドックス、ただの錯覚と同じことであり、道は多様にある。「いいじゃないか！」と、今はそう思った方がいい。身近の人間も温かく見守ってあげなければならない。

人間はそれぞれの生き方・それぞれの人生を歩く。私は少なからず、このページで人生のゲートキーパー的な存在になりたい。だからこうして自伝を発信していくことを決心した。「もう大丈夫」そう思ってほしい。このページが、オアシスであってほしいと。

1 エゴイズム　偽りと上辺だけの多様性

人間の心の奥底で作り出されるエゴイズムという自己中心的主義が存在する現代社会。同じく、偽りの上辺だけの多様性が続く限り、終末時計は確実に動いていく。日常のありとあらゆる場面から終末時計は、エゴイズムが存在し支配する私たち人間たちの心の闇……　果してエゴイズムの正体とは？　無限の中で矛盾する汚染された世界の実態。エゴイズムの実態は矛盾と身勝手な行為によって複雑な謎に包まれている。このままでは謎を解くことも、答えを見つけ出すことも不可能になってしまうだろう。希望が絶望という身勝手さの闇に消され、この社会の最悪なシナリオという行為に従ってしまえば、完全にエゴイズムの迷路に迷い続け、感情や感性を失ってしまうのは時間の問題だ。善人が過ちを犯す犯罪の実態は、確実に襲いかかるエゴイズムの実態。今、ここに警告をしていかなければならない。終末時計の要となるものがエゴイズムである。私の経験から目にした真実を伝えていきたい。

テレビ画面から目にした衝撃。残酷にも一瞬のうちに自らの世界が変わってしまった。七〇年以上前の黒澤明監督の作品「羅生門」。黒澤映画からの内容と、その秘められたメッセージに、この令和という時代や現状の社会を映す「最悪のシナリオ」という予言であったことを目撃した瞬間に繋がった。それに気づき、そう気づかされ、驚きと衝撃との遭遇によって困惑・混乱を隠すことができない現代社会の闇と身勝手さ。何をそれほどまでに、利益に繋がる目的があるのだろうか。これまで私を含め多くの人間が「バベルの塔」に向けて動き続けていた過去の過ちという存在（もの）は、本当に哀れで愚かな存在（もの）だったことを意味する。パラドックスという迷路を迷う人間の姿。その存在を正しいと押しつけていた。「罪」を犯せば「罰」が下る。逆に「罰」を犯せば「罪」が下る。簡単に伝えられる結論と言えるだろう。最悪のシナリオによって支配された悪魔の正体は不明とは？　考えておかなければならない、そんな社会の景色は汚いものだ。それを、きれいだと思うのならば、心の奥底に強いエゴイズムが存在し、心がエゴイズムによって汚染されている可能性が高いと言える。

「悪い奴ほどよく眠る（黒澤映画）」で黒澤明監督が私たちにいったい何を訴えかけたのか？　それが予言であったことにもっと早く気づくべきだった。黒澤監督は、この令和という時代や社会を予言した上で主張していたのではないだろうか？　この生きづらい世の中の現状、または度重なる政治不信や、身勝手な犯罪。エゴによって拡散される令和の終末時計という予言を、私たちに警告を伝えてくれたのかもしれない。だが現代社会において、多くの人間は無限に繁殖するエゴイズムの中で生き続けているため、神秘的な要素を用いる言葉には耳を傾けてはくれない。過去、どんなに正論を周囲に伝えたところで私は、いつもオオカミ少年だった。エゴのせいで（エゴによって）冷遇される経験もした。悔しくてならなかった過去の場面からでもエゴによって反映されていることがわかる。

悲しくも理不尽なことを伝えておかなければならない。現実において、周囲、何よりこの社会に助けを求めたところで誰一人助けてくれる人物など存在しない。当然、心から理解を示してくれるようなことも……　残念だが、可能性は低いと思った方がいい。最悪の場合、助けるふりをして、心の傷をさらに深く悪化する行為も経験の中で学んだ。エゴによってパンデミックという最悪な展開が幕を開ける可能性も高いのだから、これはウイルスと同じ理屈として考えた方がいいだろう。対応策が見つからない現状ではあるが、この革新的な「自伝」から、現代社会を少しでも変えていかなければならない。このエゴイズムという現状を知った私を含め、厳しい言い方だが、この自伝から知ってしまったからには、事実を知ってしまったからには読者にも責任がある。誰もが本来の多様性を求められる希望に満ち溢れる環境にして「令和の終末時計」を止める革命を、今ここに起こさなければ、この社会は砂の城のように崩壊する。それを黙って見ていられない。小さな一パーセントの可能性を信じるしかない。戦争や争いごとのない世界の光景を、この目で見てみたい……そんな願いを込めて。

だが「革命」とは
贅沢な食事でも言葉の遊びでもない　刺繍の模様でもない
優雅さと丁寧さをもってなされるものでもない
革命とは暴力行為なのだ
（毛沢東の言葉　映画「夕陽のギャングたち」より引用）

単にイデオロギーを口にするだけでは何ら解決すらできない。出口の見えない迷路を永遠に歩き続けることになることと同じ意味を表す。簡単に結論すら見つからない複雑かつ過酷な迷路。最悪の場合、個人の人権や名誉、主張がもみ消される場合もあるのだから、強い憤りしか感じられない。とてつもない最悪な終末時計の存在というエネルギーを例えれば、原子力と同じくらいの汚染要素や物質が含まれており、人命が失われる危険性にまで発展する可能性もある。時として凶器、核兵器に繋がりかねない終末時計の存在と実態。最終的には人間の心にまで汚染、破壊されてしまうのだから、心を痛めてまでも間違った理不尽な現状に従わなければならないことなのか？　大きく憤りを感じて仕方がない。まさに、私自身が過去に経験したことと同じことであることが恐怖でならない。

この光景の場面は、私たち人間が作り出したエゴイズムという身勝手な存在が、いま砂の城のように崩れている光景を意味する。まさにバベルの塔だろう。そして今、崩れる寸前の塔。当然、私を含め、身勝手な人間は、そんな理不尽で悲しい現状という光景を無理矢理に忘れさせようとする思考・行為こそ、上辺だけの多様性を理屈だけ主張していることに等しい。いうまでもなく、間違いなく令和の終末時計が動いた証拠を意味し、身近にまでも大きく反映されている事実を知っておかなければならない。エゴイズムこそ、自己保存型心理と自己保身が大きく関連しているのだと思っている。エゴに汚染され身勝手にも自分のことしか考えないまま、世界は新型コロナウイルスによってパンデミックされ、コロナ禍に遭遇する最悪な結果を招いた。最悪のシナリオが、エゴによって現実になってしまった。エゴイズムによってユートピアの世界を招いた身勝手さを、あらためて償わなければならない。そう、人間は自己保身に支配され、世間体・体裁を気にする体質なのだから、見つめる先には利益という欲望が存在するのだろうか。

人は、気づかないうちに、「ユートピア」、つまり高い理想や夢の理想な世界と、「自己保存型心理」を、社会・日常・生活面に生み出している。二つに関係することは、自らの「パンドラの箱」であると言っておこう。同じく自己保身が完全に邪魔をする。

①ユートピア→ 理想とする夢の世界。大はしゃぎする、コロナ禍で見られた人間の身勝手かつ理不尽な姿と光景。自己保身という方程式。

②自己保存型心理 → SNSなどで嘘、ハッタリ、または大袈裟にすること。またはそれらの光景。

これらは正しいとか誤りという判断ができない。人間という本来の姿と欲望に近い現象であることだけが事実なのだから、結果として方程式のような答えしか見つからない。それが現実を意味する。人間は生まれながら小さなエゴが存在する。これは本望に近いことである。(悪とエゴは別物であって、どちらも人間には存在している)逆に、その存在のおかげで精神のバランスを保っている。

黒澤映画「羅生門」と重なり合う現状の日本。七〇年以上前の映画が示すメッセージが、この現代社会と重なり合うことが不思議でならない。かつての「コロナ禍」という時期に反映されていることが、もうすでに現実になったことを私たちが知る必要が大いにある。「令和の終末時計」を作りだしたものこそ、私たち人間の手によって作りだしたエゴイズムという最悪のシナリオによって大きく終末時計を動かしてしまったことを認識しなくてはならない。身勝手さ、欲望、自己保身、弱肉強食、格差、誹謗中傷、差別、体裁などキリがない。いま目に映っている背景は、どう見えるだろうか？　要するにパンドラの箱をあけてしまったことにより拡散、取り返しのつかないエゴによって私たちの心が汚染されてしまった。そして感染され、つまり加害者であった人間が作りだした結果、被害者になってしまった人間の姿や社会の姿は、もはや矛盾としか言えない。知らぬ間に矛盾が錯覚する精神から生み出される命と金を引きかえる人間の汚染。それは残念なことに日常においても、すぐ目の前に反映されていることは確かな結果になってしまった。ただ気づいていないだけの話であって、完全に複雑な迷路に迷い込んでいるのだろう。「過去、あの日の悔やみ……」からのフラッシュバック。弱者に対して頭ごなしに間違いを押しつける現状には、完全に心を萎縮させる許しがたい行為である。

それぞれの主張が違うこと、あまりにも違っていることの原因は、ユートピアから生じた自己保存であるだろう。同じく身勝手かつ卑劣な自己保身。あまりにも矛盾だ。それが、ユートピアと自己保存型心理の世界なのかもしれない。現代社会には、こういった現象が数え切れないほど見られ、隠され、自己を守る自己保存型心理が生まれる。何も手につけられないまま、かえって終末時計を進ませることに繋がってしまい、生きづらさがプラスされ、毎朝のニュースや新聞で報道される信じたくもない真相に戸惑う瞬間……　もはやカラー映像とは思いたくない。自暴自棄といったエゴ……　間違ったことを正しいと思い込み、それらを正しいと認識する洗脳。そして最終的には理性や感性を失っていく。エゴによって最悪な扉が開かれてしまったこの闇の社会の姿。だが、これが現代社会の姿であって、偽りの上辺だけの多様性ということが証明される。

映画の冒頭シーン、ラストシーンが、まさに現代社会へのメッセージなのであると思う。映画「羅生門」から見える人間の心。ラストシーンの名言は、私たちが忘れかけた思いを取り戻せるメッセージ性の高いシーンであろう。現代社会という闇。日本、いや世界中の「心の闇」、それは黒澤映画からの警告というメッセージであった。この時代、この社会、この世の中は幸福と言えるものなのか？　多くの見えない「偽り」が隠されている。何が真実で、何が偽りなのか？　都合のいいことだけをインプットし、都合の悪いことは忘れるといった身勝手なエゴ。余計なことは口にすることができても、大事なことは言えないことや、不利になれば黙る行為。昔も今も変わっていない。努力義務という言葉をよく耳にすることが多くなったが、この努力義務とは個人の判断を尊重すると謳ってはいるものの、実際には社会的拘束力が高まる恐れに繋がりかねない。少数派は世間的立場や肩身の狭い思いによって、従う傾向が高まりやすくなる。個人の判断が無視される現状だろう。この行為は責任から逃げ、個人の判断に委ねることを意味するのだから、矛盾のリズムが溢れ、どうすることのできない選択肢へと変化する。実際には個人の判断が無視されているのだから、大きく矛盾している。新型コロナウイルスが流行した際に、ワクチン接種が努力義務だったことを再び思い出してほしい。社会的拘束力により、体調の関係でワクチン接種ができなかった方々は辛い思いをされたのではないだろうか。これらも社会的な拘束というエゴイズムであると知ってほしい。無限のエネルギーから、生きづらさを生み出す「偽り」は、コロナ後も、こうして存続している。偽りを作り上げることは簡単で、それらを消滅させるには並大抵のことでは消滅することが困難になる。そうカモフラージュの光景との遭遇に繋がってしまう。新たな迷路に遭遇したことが言える。

　カモフラージュだらけの時代・社会という現状の光景には言葉を失い、秒数ごとに失われていく存在の実態に歯止めがかからない。心の闇という悪魔。声なき場所に耳を傾けなければ問題の解決には何一つ繋がらない。そう、心はエゴによって嘘を重ね、都合のいいことだけを身勝手に解釈し、表現の自由を勝手に解釈することから歪んだエゴが生まれる。それはあきらかにエゴイズムによって私たち人間を支配する悪魔の姿であるのだ。何でも許されると錯覚させることから、間違った多様性の方向に歪み続け、傾く汚染された世界に、私たちは複雑な迷路に迷い込んでいることを知ってもらいたい。当然、本来の多様性をカモフラージュさせることは矛盾でならないが、言い換えれば多様性を別な意味での解釈として成立させたいという間違った考えが広まっている現実社会には残念でならない。そのため、歪んだ精神によって犯罪の増加に繋がるのではないだろうかと、私は思う。

　毎日の報道で伝えられる犯罪。収まる気配は見えない。エゴイズムによって過ちを繰り返す無限の欲望は、どう見ても間違いに気づくべきだ。自暴自棄を生み出すエゴは、猛毒の汚染だということが理解できる。更生と社会復帰の現実問題に生きづらい社会の存在が大きく隠されている。残念でならない。本来の多様性を主張することも適合されることもなければ、頭ごなしの選択肢のない決められたリズムが未だに存在していることに悲しさを隠すことができなくなってしまった。なぜ、個人の選択肢を与えてくれないのか？　なぜ、決められた選択肢しか与えられないのか？　ハッキリ言っておこう。就労だけがすべての解決の道には繋がらないことを。これも格差が生じた結果になってしまった。多様性を求める人間にとって強い悲しさと惨さが残る。

　危険なエゴイズムの正体と実態は単に表情や態度

を目にしただけでは、判断が難しい場面も存在する。プロフェッショナルのエゴイズム人間の正体や姿を瞬間からでは、またはすぐに認識できるのは難しい。まるで放射能と同じように透明な色、無表情のため判断するには一般的には無理に等しいと言っておこう。とくに有能な人間が作り出すエゴこそ、厄介なものだ。ウイルスのように感染力が高いため、すぐに私たちを洗脳するエネルギーが強く、最終的には精神を占領する。間違いを正しいと錯覚し、独裁的な思考を拡散させる。ニュースや新聞から目にする光景もエゴイズムが拡散されていることを知ってもらいたい。いずれにせよ、戦争や争いに繋がりかねない。現状の情勢を目にすれば理解ができる。世界は戦争という最悪な結果を招いてしまった。悪夢が現実になってしまった光景。

警告をしておかなければならない身近のエゴイズム。「私たちには関係はない！」とは、絶対に思ってほしくない。将来という、この先の将来の設計図は私たちが作らなければ、未来という希望や、それらの選択肢はなくなってしまう。

最大の危機感を伝えなければならない。マイナンバーカードから最悪のシナリオの幕開けという大問題。現在、マイナンバーカードを無理矢理にも進め、普及させようとする政府の方針、つまり思惑について、あらためて警戒する必要があるのではないかと推理できる。マイナンバーカードを中心としたシステムを推進・普及させようとする政府・行政の姿は、絵に描いたエゴイズムという姿と行為であろう。目先のことしか考えておらず、後先（将来）のことは一切考えていないのだから、それで正しく安全にマイナンバーカードを管理することができるのだろうか？　詳細を説明する言葉を耳にしても数ある疑問点が違和感のように感じられる。傍から見れば行政手続きの短縮化と向上、未来におけるサービスの向上、マイナポイントが特典となり、私たちはポイント嬉しさあまりでカードを登録するケースが増えたのではないだろうか。過去、住基カードという言葉を耳にした時代があり私は、かねてから恐怖で仕方なかった。そして、その恐怖が現実になってしまった。マイナンバーカードのトラブルや不正が現実になってしまったこと。この問題や不正のケースは序章にすぎない。この先も、何らかのトラブルや問題、不正が次から次へと現実になる日も、そう遠くはないだろう。いずれにせよ強制的に作らされる日も近いことであって、我々に選択権はない。これほどまでにマイナンバーカードを普及させ、健康保険証、運転免許証と関連させる制度に将来、マイナンバーカードを何の目的で普及させたいのか、理解ができない。予測もつかない。ここで重要なのは、このマイナンバーカードの普及を高めたい政府にはある危険なたくらみが隠されていることを理解しておく必要がある。このままの現状が続けば、その可能性がいずれ将来において高い確率となるのも夢の話ではなくなる。大きな最悪のシナリオが予測できる。この先、将来において危険予測ディスカッションを私たちの頭にアップデートしておいた方がいいだろう。

マイナンバーカードに関して私は、数年以上前の当初から反対の立場だった。上手に活用されれば行政サービスの向上に繋がり、より良いメリットも存在するようになるだろう。当然、マイナンバーカードを必要としている人もいることは確かだ。この点について否定はしない。近い将来、医療機関でも大きな役目を果たすことになるだろう。ただし、ここで肝心なのは正しく利用・活用されればの話だ。政府は純粋なマイナンバーカードの普及を純粋とした目的として現状において進めているのだろうか？より良い行政サービスの向上を目指しているのだろうか？　それがどうしても不透明に感じてしまう。信用することができない。何か他の目的があるのではないだろうか？　それは誰もが口を割らない。ある危険なシナリオがくすぶっている。嵐の前の静けさ……　マイナンバーカードに関連した将来の最悪なシナリオとしての日本の設計図は、数多くの思惑や矛盾が隠されていると予測できる。私たちの求めることとは逆方向の最悪な思惑を招く幕開けの始まりにすぎない。私たちの知らないことが裏では秘かに進められている可能性も高く、政治の暴走暴挙によって、今後多くの懸念が絶えないことになるのも時間の問題だと推測できる。そんな私たちの不安や心配を利用するのだから、生きづらさが倍増する原因になってしまう。値上げラッシュの現代社会が、人間の心を悪くさせる最悪の格差。心も歪む結果をもたらす。

ここである関連が想定される。時期は不明だが近い将来、初の憲法改正の国民投票が行われる可能性があるだろう。現政権・政府は、改正の理由を、新しい日本の実現とするキャッチフレーズのもと、個人主権を強調する憲法を目指すと主張しておきながら、一つの危険な改正を模索している可能性が隠されている。どうしても改正したい条文こそ、憲法の「前文」と憲法「九条」なはずだ。私たち国民には関係がない上、心配もいらない。そう説明をするだろう。何ら日常生活は変わらないのだからという考えは大きな間違いであり、危険を生じさせる引き金に繋がってしまう危機感。単なる安全保障や防衛面において安全かつ強化させる目的と政府は私たちにそう説明にするに違いないだろう。ここで絶対に騙されてはならない。もしも未来において憲法九条を改正し、戦争ができてしまう国になってしまった場合、自衛隊が正式な軍隊となり、交渉権を持つことから国外で戦争ができてしまうことに繋がりかねない。その可能性は極めて高いと言える。このマイナンバーカードが政府にとって重要なアイテムになってしまう危険性が存在する。このままでは二〇年〜三〇年後の将来、国民も協力させられ再び徴兵制度・召集令状が復活される可能性も低くはない。国家（政府）が、マイナンバーカードを管理して国民を監視することに繋がりかねない最悪のシナリオの存在。いわば、義務としての拘束力が高まるのではないだろうかと予測ができる。当然、もしも現実になってしまえば国民の権利が制限させられる可能性も高まり、最悪なことに好き勝手に国民を監視・管理ができてしまうシステムが可能になり、健康状態や所得、貯金、その他の個人情報に対する危険性も高まるに違いない。ここが重要なことであるが、現在の日本は、憲法九条を含めた平和が存在しており、その平和憲法のおかげで戦争をしない、戦争ができない憲法であるが万一、憲法改正の国民投票が実施され、国民の過半数が改正に賛成をすれば、大きく憲法が変わってしまう最悪のシナリオがより進む結果になってしまう。徴兵制度のように召集されてしまう危険性こそが、この先の日本になってしまう……　想像できるだろうか？　憲法改正による緊急事態条項による独裁、国民を命令に従わせ、見えない法律を好き勝手に書き換える行為、報道の自由を奪い、報道などの統制もあり得る。あの戦争の時代に逆戻りになってしまう危険性。もしも、それらが模索、下準備に近いことならば言葉を失いかねない。それこそが、マイナンバーカードに隠された最悪の将来図であるのだ。何のために次の世代の若者に対して負の遺産を背負わせてしまうのか？　将来・未来を担う子供たちが、他国の戦争に巻き込まれて戦地に行くことになってしまったらと、思うだけで背筋が凍りつく。国民に対しての裏切り行為だと言えるだろう。絶対に許すべき問題ではない。戦争をしない国から、戦争ができる国に変わってしまえば、このマイナンバーカードが大きく役立つことであろう。ウクライナの戦争が頭の中で過る。戦争ができる国を目指す政府の考えには、平和主義という理性が失われている。エゴイズムは最悪の危険をもたらしてしまうことが理解できたはずだ。憲法改正を決めるのは、私たち国民の判断に委ねられる。そして最悪のシナリオを阻止できる大きな力を持っているのだから、私たちの手でストップさせなければならない。目にしたくない戦場の場面。それを目にする幼い子供の心は……

このようにエゴイズムは無限に存在し拡散、そして見えない汚染によってウイルスのように増殖する現状の政治・社会は、間違いを正しいと錯覚させようと私たち国民に呼びかける悪魔シナリオの存在には、けして騙されてはいけない。無暗に従ってもならない。何事も、疑うことから大きな対応策に繋がるのだから、安易に賛成するということではなく、冷静に考えて賛成か反対を決めることが大きなカギになる。私たちの日常や未来が最悪になってしまう時代の幕開けに繋がりかねないエゴイズム。一人一人の判断には、エゴイズムに汚染されることなく平和憲法について知り、考えることが平和への近道になるのではないのかと信じるのみだ。この世から戦争をなくし、平和を求め権利や自由を奪われない、そんな世界になるべきだと……　未来の選択肢は、私たちの判断にかかっていることを忘れてはいけない。

好き勝手に大口を叩いている恵まれ間違ったエゴの姿。政治のみならず、私の人生、これまでの経験の中も、それらと同じ世界の光景であった。お世話になった恩師の姿を思い出す。大口を叩いている言葉こそ、恩師が私に対し口にした言葉と同じであった事実を知らされた。「通常は……」、「今の経験では……」と、それらを繰り返す言葉に従えば、新たな挑戦や改革を進める人間にとっては大きな障害になってしまい、何も動くことすらできなくなってしまう。このままの政治や社会が続けば、未来ある国を築くことは夢物語になってしまう危険性があることにも……

※ここで重要なのは、エゴイズムは私たちの日常生活、すべてにおける暮らしの中に、ありとあらゆる無限の世界の中に存在し増殖、そして大量に拡散される。エゴというウイルスを人から人へと間接的かつ直接的に拡散。政治や行政はもとより、これらのカテゴリーに分散される。戦争・核兵器・反乱・地球温暖化問題・環境問題・報道（誤った報道）・教育・差別や偏見、中傷行為・いじめ・社会・ＳＮ

S・人間の間違った自由や誤った多様性・食品問題・医療・介護・少子高齢化・企業の不祥事・犯罪・詐欺・表現の自由を主張する間違いだらけの行為・虐待・体罰・原子力問題・原発再稼働・パワハラ・カスハラ・モラル・固定観念。

このように例をあげればキリがなくなってしまう。それだけ無限の世界だと理解しておかなければならなく、日本の人口は一億人として計算すれば、三億以上のエゴが存在し毎日のように変異を繰り返しながら拡散されているのだ。色のない透明な放射能と同じなのだから当然、目には見えない。それでいて危険なものも含まれている。そう、この世はエゴによって汚染されている。現状の原子力問題と同じことのように強く警戒をしていかなければならない。身勝手で汚らしい人間が作り出した悪魔を。ハッキリ言えば、過去の新型コロナウイルスによるコロナ禍の期間において、より大きく変異し汚染力が拡大したことが目に見えて実感できるだろう。最悪なことに終末時計が大きく進んでしまった結果に歯止めがきかない。言葉を失ってしまった。失われた掛け替えのない存在を…… ニュースや新聞、報道で目にする画面の中を目にすれば、誰もが理解できる。何が正しくて、何が間違いなのか？　身勝手な考えや思いから、間違っていることまでを正しいことであると錯覚するエゴイズム。

今の世の中・社会、私たちは何を見つめているのだろうか。強い人間が何でも許されて、弱い地位のない人間がすべてを諦め、命令されたことだけに従う。好き勝手に口にされる誹謗や中傷。見下される毎日に心を痛める。それでも誰一人も味方にはなってはもらえない。間違ったエゴが作り上げたルールが存在するのであれば、いったいそれは何なのか？何かを失い、再び失われる愛や感情、感性までもが。偽りの笑顔でいなければならない独裁的な現状。それは意味があることなのか？　それを美しいと錯覚する狂った欲望。すべては金の存在が愛だと口にする悪魔。自らの心に嘘をつく自壊。歴史という過去、知恵と努力を積み重ねた結果、高く立派に多くの存在（もの）を築き上げた。だが自画自賛に溺れた結果、大切な存在を忘れてしまったことによって、崩壊される時代を招いてしまった。理性をなくし、欲望の世界へ進ませる悪意の誘いは、多くの問題の山積みだ。優柔不断な態度により、それらを誘う（いざなう）。

当然のことであるが、解決策は現時点において存在もしなければ、見つかりもしないが、ここで一つ忘れかけていた肝心なことを思い出した。そう、偽りの上辺だけの多様性を本来の正しい多様性へと変革していけば、少なくとも何らかのエゴイズムによる終末時計は現状よりも遅くできるに違いない。多様性を正しくアップデートすることによって、大きく未来は明るくなり、平和の実現が期待できると考える。エゴイズムとは、人間の愚かな思考によって誕生させた最悪の悪魔であるため、消極的な解決策を見つけることも不可能ではないはずだ。

「多様性は恵まれた人間にしか与えられないものなのだろうか？」過去、私が経験した辛いイバラの道の中で疑問に感じられたことだ。一般的、現実的には主張すら適応されない。格差が生じられた場面に何度も目の当たりした。何もかも無限かつ矛盾といった誤りの世界としか言えない。見えない放射能によって汚染された人間の心の実態。それでいて一憶総活躍社会と主張した政府こそ、たくらみのエゴや偽りといった汚染が含まれていたのであったことが理解できるだろう。さらに言えば上辺だけの多様性としか思っていない冷遇とでもいうのか。社会的地位のある人間は、こうした現状に気づくだろうか？この汚染された現実を例えれば、色のない透明な世界であるため、気づくまでには、さぞ時間が掛かるだろう。色がなく見えないということは汚染された見えない放射能と同じ危険が予測される。現代社会は、ジグソーパズルのようにバラバラになってしまった失われた存在というピースを、もう一度、複製させなくてはならない。そう、多様性を求めたい人間にとっては、見えない白い絵の具で自らを表現する傾向がある。誠実で繊細な表現方法こそ、芸術的な個性が溢れている。同じく素晴らしさや美しさが多く隠されているものだ。隠された可能性や才能という存在を。だが、どんなに主張しようが色が見えないだけに、周囲の反応は冷たく理解すら示してはくれない。それでいて、本当に恵まれた多様性社会と言っていいものなのか？　完全に、どこかで道を間違えてしまった多様性のありかた。本来の多様性を確実に構築していくしかない。悲しいことにも、どんな立場や場面においても格差という問題が山積している。

多様性を尊重し求める時代にもかかわらず、まだ社会的なつまらない常識に身の丈を合わせていることが残念でならない。差別的な要素も含まれていることへの憤り、怒りがこみ上げてくる。多様性を尊重する時代にもかかわらず、生きづらい社会の現状には言葉を失ってしまう。完全なる格差社会を、このように再び大きくもたらしてしまった原因を追究していかない限り、このままの不透明なエゴイズムが存在する。理不尽な憤りを感じながらも戸惑いを隠せない。「発達障害・アスペルガー・自閉症スペクトラム」の本人や当事者に対する偏見や差別、誤解が存在していることも、私には許すことができない。

多様性についての現状を伝えていきたい。つまり限定的な多様性の現状という偽りを。

社会的地位のある人物に一度質問をしてみたいことがある。「多様性とは、どういうことをいうのでしょうか？」と尋ねれば、どんな回答を求めることができるのだろうか。経験上、マニュアル的な、きれいごとを並べた回答をするに違いない。それが現実であり、簡単に認めてくれる周囲の人間は一握りだ。そして周囲に相談や助けを求めたところで理解など何一つ示してはくれない。それどころか強く否定や非難をされてしまうのではないだろうか。苦しんでいる人間の前で、よくそのような行為や言動ができるのだから、どんな時代や社会になりつつも、人間のエゴといった終末時計が存在する限り、本来の多様性は尊重することもできなければ、求めることも不可能になってしまう。人間は固定観念によって物事を難しく考える悪い傾向がある。右と言われたら、それらの指示に従わなければならない傾向が当たり前。その結果で上辺だけの偽りの多様性が一生続く結果になってしまう。原子力のように弱者に対して見えない放射能で汚染させる。それは暴力的な行為に等しい。多様性を認められる人間、多様性が尊重できる人間は、恵まれた環境で地位や立場などの条件が整っていなければ多様性として認められないのか？　ある程度の収入がなければ多様性を求めることができないのか？　どんなに心のSOSを示そうが、「あなたには関係がない！　そんな多様性は、あなたには認められない、お前には適応されない！」と、口にしている社会の実態。多様性に格差が生じていることを経験の中から目にしてきた。多様性を求めることは、そんなにもハードルが高いのだろうか。認められる人間と、認められない人間……　あまりにも不平等だ。そうであると判断される大きな誤解。このままでは社会的な汚染によって、もみ消されてしまうことに繋がることも問題だ。色のない不透明な冷遇。ハッキリ言っておきたい。これが現状の限定的な多様性であることを。そしてこれが現状の大きな壁なのである。

そんな偽りで上辺だけの多様性の現状を大きく変えていかなければ、終末時計によってこの社会は滅びるに違いない。価値観を尊重しない薄っぺらな社会……　本人の個性や能力を何一つ知らないにもかかわらず、強引な身勝手によって物事を判断する。頭ごなしに「そうであると判断」し続け、一方的な押し付けである固定観念を捨てなければ、新しいことを進めることが困難になってしまう。カモフラージュと同じ世界の中をクルクルと回り続ける社会の姿。この数年で大きく失われた存在は、矛盾というユートピアを広めた。理不尽な格差社会における自己中心的主義。複雑な知恵の輪を解くには、時間が掛かってしまう。

多様性を謳う時代になったからと言っても、完全に認められ尊重される多様性には、しばらく時間が必要だろう。都心と地域の格差、その他の現実問題。数え切れない経験から学んだ場面。

ただし、ここで重要なことに気づいた。多様性を求める現状において、中には間違った多様性が存在していることがある。何に対しても、すべて多様性と口にして表現し、やりたい放題な行為をすることだ。間違った「表現の自由」というエゴイズム的解釈から、自らによって再びエゴが生まれる。一つの逃げ道として多様性を表現し、本来の多様性のイメージを崩すおそれにも繋がってしまう。当然、間違った印象やイメージによって多様性が大きく損なわれる危険性の可能性も数ある問題の一つだ。それらの原因で現状において誤った多様性が浸透してしまったことも考えられる。まさにエゴイズムといった身勝手が反映されたことになる。そうエゴイズムは無限に存在するのだから、それらを理解する必要も大事になっていく。今後においての対応策としては、多様性といった正しいボーダーラインのようなガイドラインを決めておく必要もあるだろう。そして重要なのは、けして多様性を逃げ道にしてはいけない。ある程度のしっかりした基準が必要なのではないだろうか。すべてのカテゴリーに適合することは、残念ながら難しい。多様性における勝手な解釈や身勝手は政府の行き過ぎた誤りによって生じられたとも推測できる。私の求める多様性という選択は、発達障害を抱える人たちに夢を与え、個性と夢を引き出せる将来の多様性といった選択肢を与えることであると思い続けている。必要である人間に多様性が適応され、主張できる、そんな本来の多様性を求められる社会の実現に繋がってほしいと思っている。選択肢は一つの道しか与えないのではなく、一人一人に合った生き方・夢・個性を認めることが将来における本来の多様性なのではないだろうか？　多様性にエゴは存在しない。エゴを消滅することが一つの終末時計を遅らせる唯一の対策だと、私は思い続け、そう信じたいものだ。

毎日のように、こうしている瞬間にも無限に拡散されているエゴイズムの存在。このままでは、近い将来、必ず崩壊する社会や、人間の心。一人一人のエゴに対する自覚や、冷静な判断が大きなワクチン的要素によって救われることに繋がる。あなたに尋ねたい。「未来は誰のものなのか？」意識さえすれば、エゴイズムを阻止できる。この自伝から知ったことで、先の見えないトンネルから、一パーセントの可能性という光が見えたのでは？　知った責任という認識で大きく人間は変革をしなくてはいけない。人間であるために。

正しい本来の多様性が広まり、十人十色といった個性や才能が開花できる社会の実現に繋がってほしい。

結論から言えば、エゴイズムは完全に消滅させることは絶対に不可能であり、無くすことはできない。理屈から物事も言えなければ、例え消滅させることが仮にできたとしても人間の精神が崩壊することになってしまう矛盾ともとれる恐ろしさが存在する。ある程度のエゴイズムは目をつぶることも必要だ。それで物事が安全に解決することに繋がることに発展する。矛盾かつ矛盾のパラドックスに近い世界かもしれない。私たちの精神が保たれる結果にも繋がる。ボーダーラインさえ超えなければ良しにするしかない。（小さな嘘、約束を破ることも一つのエゴ）だが、エゴイズム思想を弱めることは可能であって、意識と努力、物事に対する判断力や冷静さを高めて備えておけば、必要最低限の危機を防止できることができ、物事に流されない精神を持つことができる。

先に伝えたエゴイズムの現状と実態は危険なエゴイズムであるため、危険が安全かは一目において理解できるに違いない。

2 教育現場と環境の汚染

ある日、突然「過去の私」の回想が甦った。もう三十年以上前の光景だった。私が保育園に通っていた頃の当時の記憶。突然、「ある物」を見て、私は、鮮明に思い出した。そう、あの時の「ある光景」を……　首振りで回り続けている扇風機を見て、再び思い出してしまった悪夢。なぜ、現在（いま）になってそんな記憶が、甦ってしまったのか？　もはや迷路という空想のものではなかった。私の心の、何らかのメッセージとして受け入れることにした。

確か年中か、年少だった頃だったかと思う。もう三〇年以上も過去（昔）の記憶だ。その当時の私は、保育園で、お昼寝をしていた。園児全員が午後から、お昼寝をする。保育園での日常的な光景だ。確かなことがあるとすれば夏の季節だった。なぜ、そこまで鮮明に記憶しているかは、「扇風機」があったからだ。当然、初夏～秋の前の季節であるだろう。幼かった私は突然、目を覚まし「ある物」、「扇風機」を見て強い恐怖感を隠すことができなかった。それは、首振りで回り続けている扇風機だった。「怖い！怖い！」と、きっと怯えながら、そう口にしたことだろう。私は走って部屋を出て、先生のいる部屋に駆け込んだ。二人の先生は、コーヒー牛乳を飲みながらテレビのワイドショーを観ていた。確かグラスは大きなジョッキだったことが忘れられない。しかし、先生は聞き入れてくれない。私が何を伝えても聞き入れようともしてくれない。私は、ただ怖がるばかりだった。なぜ首振りで回り続ける扇風機を怖がったのか？　その当時の光景を思い出せば、現在でも謎の恐怖という違和感にしか思えない。二人の先生の対応や行動、言動も矛盾していた。けして純粋な園児が見るものではなかった。見てはいけない光景であったことだろう。

三〇年以上の月日が流れ、首振りで回り続ける扇風機を怖がっていた園児は、三八歳になった。ただ、その当時の鮮明な恐怖は薄れていない。一つの恐怖が変異したと言ってもいいだろう。首振りで回り続けている扇風機を見れば、当時の保育園の、あの光景を思い出す。二人の先生の姿。あの当時から、保育園という教育環境において汚染がくすぶっていたことを意味するのだと。そう私は、「教育現場・教育環境の汚染」を目にした序章であったことを大きく意味する。そう三〇年以上の前のフラッシュバックから、これまで隠されていた真実を知ってしまったことが確実に証明された。

しかし、なぜ保育園児の記憶が、今になって甦ったのだろうか？　目が覚めた瞬間（起床時）に、ふと目にした「首振りで回り続けている扇風機」を見て、私はあの日の恐怖を感じた。恐怖を感じて仕方がない。単なる当時の光景が恐怖だということではなく、保育園当時のその場面という光景を、大人になった、三八歳になった現在の自分が、その場面、当時の幼い頃の自分を見つめる。まるで、アニメ映画「火垂るの墓」の冒頭シーン、主体シーン（回想シーン）に似ている。（主人公 清太が亡くなる直前に、すでに亡くなり幽霊になった清太が見つめるシーン）幼い私を、大人になった私が当時の光景を見つめること……　不思議に感じられてしまう。思い出される光景に恐怖と違和感が残る。三〇年以上昔の光景・場面を客観的に（当時の光景を）目にしている姿とでもいうのだろうか。カットバックというものなのか？　同時に重なり合う二つのシーン。二人の私が存在するということに、どういう意味があるのだろうか？　正直、戸惑っている。どう考え、どう受け止めればいいのか？　それには答えというものは存在しない。すべてにおけるヒントは、心の奥底にある気がする。もう一度、目をつぶり、その当時の光景を思い出すこともいいだろう。重要なことがあるとするならば、「過去の自分」と、「現在の自分」が存在するということに気づかされたこと自体が初めての経験だった。こうしている中において、現在の教育現場・教育環境の汚染が目立っていることには強い憤りを感じて仕方がない。教育現場と教育の環境の場面においてもエゴイズムという汚染が、終末時計と共に増殖し拡散していることが大きく言える。残念で他ならない。

私は保育園時代から、保育園に通うことに強い抵抗があった。教室には、いつも私の傍に母がいた。一人では恐怖や不安で仕方がなかったからだ。当時にしては珍しい光景だった。そして小学生になっても、それらの抵抗は強くなるばかりだった。学校に行きたくない思いの中、無理に連れられて強制的に学校まで通わされたことが辛くて仕方がなかった。家族や大人の勝手な嘘に騙された幼い私。車に乗せられ学校に連れていかれ、突然、家族がいなくなり泣き叫ぶ私。なぜ、そこまでして学校に行かなければならなかったのか？　小学一年生の頃、当時の担任に靴を隠された。どうしてかは記憶にない。担任から追いかけられたこともあり、捕まえられて尻を叩かれた。もしも現在の教育現場ならば完全な体罰になるだろう。確か、小学一年生だったと思うが、とにかく体育の時間が嫌で、私はグラウンドの片隅にいたが、他の副担任的な教師がクラスの足の速い同級生に私を追いかけろと言い、同級生は私を追いかける。逃げるがすぐに同級生に取り押さえられ、強引に体育の授業に連れていかれたということもあった。まるで収容所にいるかのような光景だった。小学三年の三学期には完全に不登校になってしまった。ある担任から受けた言葉の暴力、それは担任からの「いじめ」だった。まるで警察、検察の強引な取り調べと同じ人権を無視された行為だった。教育者からの卑劣な「いじめ」を受けたと言ってもいいだろう。そして月日が流れた高校三年には、ある出来事から担任の前で土下座をしたこともあった。それは屈辱的だった。今でも夢で魘されることがある。そんな経験は、現状の教育現場と環境に大きく反映されている場面である実態が存在する。すべてが悪い汚染だということを。エゴイズムな教育関係者が増殖かつ拡散した身勝手な教育現場を知ってもらいたい。何より犠牲者は生徒である。そして風向きが変化すれば、生徒は加害者にもなってしまう。教育者、教師を含めたエゴイズムによって。現在の教育現場と、その環境は最悪なシナリオを辿っている。誰かが真実を伝え、発信しない限り永久に続くだろう。ニュース報道などで伝えられている教育現場（学校）の不祥事は、氷山の一角であることを知ってもらいたい。残念ながら内部はわからない。関係者しかわからない現状が存在していることがあげられるだろう。当時から何ら変わっていないことには、呆れてしまう。攻撃を受けた生徒は一生、過去のフラッシュバックに悩まされ続ける。嫌な光景が忘れられない地獄の記憶というものは最低な運命と言えるだろう。

高校時代、偶然な出来事から生徒会の役員になり、その後、生徒会長という重責を担う立場の人間だった。「新しい学校」が創りたかったという、その思いは誰よりもあった。しかし生徒会長という立場は、けして輝かしいものではない。むしろ、孤独との闘いが多かった。特に私の場合、革新的な考えのもとで生徒会としての革命を起こし、担任を含めた教師と対立関係だったことから、一般的な生徒とは異なる存在の生徒会長だった。そんな中、自らの学び舎という教育環境が汚染されていたことを知り、それらを追及し改善を求めようと必死になった。革命を進めることは孤独だ。本当に孤独でならなかった。次第に仲間が去り、最終的には私が一人で行動を起こしたこともあった。この頃、この当時は、学校から帰宅をする時には肩を落として歩くことが多かった。リーダーとしての責任を背負う辛さ、現実との闘い。あの日の夕方は寂しい光景に見えた。それが青春時代というべきものなのだろう。精神的な疲れが見られる中、会長というリーダー、リーダーという権力者としての孤独を何度も味わった。その経験が大きく現在に繋がっている。あの日の辛さという人生の宝物……　もちろん成果はあったが、生徒会長としての任期を終え、生徒会を去ったあと……　私の革命的な取り組みが存続したかは不透明だと推測できる。いうまでもなく、学校という教育現場には教育関係者による汚らしい政治が存在する実態を見つけた。そして弱肉強食という差別や非難、不利なことに目をつぶる最低な行為を何度も目にしてきただけに、ただただ胸が痛むばかりであったことが忘れられない。教師は最低の行為を繰り返し、都合の悪いことには簡単に目をつぶる。それが教育現場の現状であり、真実というものだ。辛い思いをするのは私だけでいい。多くの将来・未来を担う生徒たちに、それ以上、こんな思いをさせたくない。そんな思いをさせるわけにはいかない。私は教育現場と教育環境の「真実」を伝えることを決心した。エゴイズム、終末時計をストップさせたい思いの中で。二〇年という再復活・再登板を信じて。

汚染されている教育現場という環境に対して行政機関を含め、教育委員会は何をしているのか！　何を考えているのだろうか。まるで不透明という言葉の意味が絵に描いたかのように反映されている現状の教育現場という環境。実に問題だらけだということがわかるに違いない。そんな環境の中に純粋で誠実な生徒がいること……　あまりにも残酷と言っていいだろう。もはや理想すら存在していない。それが教育現場という環境。時に教師が目をつぶることがあり、ある政治的なものが隠されていることを、私たちは知っておく必要もある。まるで児童相談所のように、最悪な場面が発覚しなければ動かない現状には、過去の教訓も改善すら考えていない、いや考えられない体質なのだろう。

何のための教育現場という環境なのか。大きな疑問を感じてしまう。あなたたちを信用・信頼することはできない。私は教育関係者に「いじめ」を受けた。（いじめをされたこと）もちろん当時の鮮明に焼き付けられた光景を忘れることはできない。幼少期・青年期の記憶というものは鮮明にハッキリと焼きついているものだ。「幼いからすぐに忘れてしまうだろう」では済まされない。幼い子供は、私たち大人たちに比べられない程の記憶力がある。最悪の場合、それらが一生の心の傷を負ってしまうケースも数多く存在する。大人になってからのフラッシュバックという悪夢を背負ってしまう。だからこそ、何も変わっていない現状に対する教育現場の「真実」を伝えていきながら、少しでも、学校関係において辛い思いをされている人を救うことができればと私は思っている。何より力にもなりたいと思う。不登校経験者であったからこそ、多くの経験を目の当たりにした中で「真実」や体験談を伝えていきたい。何より間違った考えを持ち続けている現実社会に対して、少しの勇気から改善の可能性を発信していかなければ世の中は何も変わらないままだ。これだけは思ってほしい。不登校は、けして恥ずかしいことではない。将来や人生の失敗でもない。何もかも失われてもいない。単なる先入観が不登校のイメージを最悪に膨らませている、単なるそれだけなのだ。その真実（こと）を、不登校の子を持つ親、学校関係者という教育という現場に向けて、そう強く伝えていけることができれば、大きく社会は明るい兆しに向かっていくことを信じたいものだ。何よりも正しい考えを持つべきであることを。「不登校になってもいいじゃないかぁー！」と、私はいう。それが人生の大きなスタート地点であるからだ。人と違う人生を歩むことは、人生における幸せなことである。そう笑顔になって感じることのできる本来の教育という多様性が浸透してくれることを、一パーセントの可能性として広めていくことができれば、社会は変わる。そして教育現場という環境も大きく前向きに変化することだろう。そう、教育とは生徒にとって冒険であるに違いない！　大きな主人公として、希望や夢を持てる将来に繋がる冒険者。それが教育という環境の世界である！　そう生徒が思うことのできる大切な時期を過ごす教育という環境は、生涯の掛け替えのない宝物になる。一期一会という仲間との出会いによって生まれる絆。誰もが、いつでも、どこでも学ぶことのできる多様性という教育を再び復活させるべき時代になった。ある事情によってブランクが生じたとしても、再びチャレンジができる教育の環境づくりが必要になっていく。

――簡単に伝える私自身の経験――

私が不登校になったのは一九九六年の冬の季節だった。小学三年生の二月だったかと記憶している。だが地獄の日々は、この先も続く。これが序章に過ぎなかった。中学時代も不登校だったが、フリースクールに近い環境の教育の場に通っていたため、前向きな気持ちを失うことはなかった。この一九九六年当時、不登校になってしまうと周囲や近所の人間から偏見を持たれてしまう。悪い犯罪者を見るような目で見られたことは、幼いながら辛い思いだった。当初の新型コロナウイルスに感染した人間への強い差別や偏見に似ているだろう。正直、辛いことであった。確かなことである。そんな日々の闘いは葛藤一色であり、幼い私でも身に染みて感じられていた。これが現実社会の悲しさだと何度も思った……当然、周囲も理解などを示してはくれない。運が悪ければ担任もそうなのだから。教師による「いじめ」に近い経験も目の当たりにした。しかし、時代は大きく変化した。不登校者への理解、それらの多様性が浸透を認められ、市町村も多くの支援と理解を示す現状になったものだ。正直ながら、私には複雑で仕方がなかった。手のひら返しという言葉が相応しい。当初に経験した人間にとって、あまりにも複雑であり気分がいいことではないが、それを受け入れなければ社会弱者への盾にはなれない。それが私という人間の信念だ。

私自身の場合、これらの多くの経験から、立場上、私はエゴイズムを増殖し拡散する教師を含め教育関係者が嫌いだと言っておきたい。やはり多くの経験があったからこそ、何度も味わった屈辱的なことは、今になってもフラッシュバックとして私の心を苦しめる。そんな結果に繋がってしまうことは、なんて表現すればいいのか言葉も見つからない。もちろん優秀な教師や教育関係者も存在する現状において、教育現場の最前線の中で懸命に頑張られている教育関係者、教師の皆様には敬意を表さなければならない。その存在のおかげで多くの生徒が救われたことに違いない。日々の葛藤が多くあることだろう。心を病んでしまうこともあるだろう。教員のストレス、それに伴う精神的苦痛からの精神疾患に繋がる現状に対して、これは大きな現実問題であって、単に現実問題として片づけてしまえば、この国の教育は崩壊する。一日も早い改善・支援体制を進めなければならない。国会・行政・市町村において改善策に関するガイドラインを、しっかりと作るべきだ。しかし、現実という問題と現状の中において、私の出会った教育関係者の大半はエゴだらけの身勝手さが目立っていた。エゴイズムを拡散する教育関係者の大半は無能かつ世間知らずが目立ち、腹が立って仕方がない。次から次へと報道で伝えられる教育現場での不祥事という汚染には強い憤りしかない。いや、それを通り越して強い怒りしかないと言っておかなければならない。教育関係者、つまり教師は自分自身の理念や思想を強引に押しつける。経験から目の当たりにして伝えたいことがあるならば教師と個人的に政治の話題で話をしてはならない。教師自らの政治・政党を押しつけられる可能性が高いからである。例えば政権与党に対して、生徒の前で誹謗中傷のように批判をする。政治討論番組のような光景になり生徒も戸惑う。もちろん教育者として生徒を指導する立場において正しい行為ではない。平気で嘘もつく。間違っていることを正しいと押しつけ、時には平気で心の弱い生徒を精神面において萎縮させることも少なくはない現状なのだ。教師の体罰や、いじめ。教育現場には汚らしい政治が存在していることも知ってもらいたい。それは生徒に対してのことだ。それでは「いじめ・不登校・体罰・不祥事・もみ消し」が、いつまでたっても無くなることはないと思う。すべてにおける心のケアや、サポートすらしない、それらができない教育環境が存続している現状である。私は、この目で目撃をした……　最低な光景と場面だったことを忘れることができない。教員の身勝手かつ卑劣な行為による「いじめ」もあることを、知ってもらいたい。まさに教育現場の汚染だということを。

現状という教育の問題。それは教育現場・教育環境の中における「汚染」が存在している実態と真実を知ることから、僅かながらエゴイズムという終末時計を遅らせることができるかもしれない。こうしている中においても、教育の環境で学んでいる生徒(義務教育課程、高等教育)の中で、汚染という最悪の教育環境の中で我慢をしながら、誰にも助けを求めることができないまま、最悪なシナリオに沿って、それらに従っているまま、最悪な教育環境での日常に辛い思いをしている生徒の心の叫びもあるに違いない。どれくらいの犠牲者がいるのだろうかと、そう考えるだけで心が痛くなるばかりである。誰にも言えないことは、時として残酷な死刑宣告と同じくらいの苦しさだろう。私には痛いくらい理解ができる。ある意味において、私も教育環境における犠牲者であったからだ。間違った偽りの教育現場と環境が存在していることをオープン化させ、世に発信させなければ、いつまで経っても教育現場の汚染は消滅することもできなければ、減ることもない。優秀な教師が、エゴイズムにより発揮することができないまま、精神的苦痛により休職する現実問題を黙って見ているわけにはいかない。学校における不祥事やトラブル。体罰、いじめなどは、人間の権力闘争というエゴイズムによって支配され、コントロールされた結果、このような現象が起こる。何も不思議なことではない。

そんな汚染された教育の環境で、いじめ・不登校・体罰・不祥事が解決するどころか、いつまで経っても絶対に無くなることはないだろう。心のケアや、すべてにおいてサポートすらしない、それらができない教育関係者の現状と実態。現実問題、教員の身勝手な「いじめ」があることを知ってもらいたい。過去、それらのことで苦しんでいる人を何人も目にしてきた。そんな経験をすれば心が傷つくものだ。ＰＴＳＤ(心的外傷後ストレス障害)、フラッシュバック、精神疾患の発症により精神的に苦しめられている生徒。そんな現状に黙っているわけにはいかない。ハッキリ言えば、教育関係者と電力会社の組織は同じ体質である。このように「汚染された教育現場と環境」からも、令和の終末時計が大きく反映され動いていることを、強く知っておく必要があるだろう。そんな光景を幼少期の児童に見せてもいいものか？　教育環境において、もっとも必要のないことだ。

人口減少により、子供の数は大きく減少している。当然、学校における生徒数も減少する事態になっているが、しかし生徒数が減少しても、生徒の数が減り、教育現場という環境に余裕すら見られない現状には不思議でならない。多くの誰もが、そう思うに違いない。マイナス的に変化している現状には不思議としか言いようがない。なぜ生徒数が減少するのにもかかわらず、余裕が反映されず教育環境が悪化する事態を誰が予想をしていたか。不祥事や体罰や、卑劣ないじめが無くなることもない。多くの現実問題が日に日に増加し、教員の悩みの種が増える結果をもたらしている。どこで教育が大きく変わってしまったのだろうか。それは私たちにも少なからずの「責任」があるのかどうか？　それは誰も解らない。現実問題として言えることは、豊かな教育環境の場が、エゴイズムによって卑劣な教育現場へと変化している現状を、生徒は求めているはずはない。それなのに、支配とコントロールによって無意識のうちに教育現場は汚染され続けている。安倍元総理が、総理大臣時代、衆議院の解散を伝える会見で「高等教育の無償化」を謳ったことを鮮明に記憶している。しかしどうだろう、例え無償化をしたところで本当に教育環境は良くなるのだろうか？　介護現場の現状も同じことが言える。最前線で介護に携わる職員に対し、給料・報酬を高く上げた現状の結果に対して、介護現場の不祥事や虐待は無くなったのだろうか？　単に給料を上げるだけでは何も解決しないどころか、新たなエゴイズムというものが変異して現れる。教育現場も同じことが言える。意味のない一つの対応に対して誰が喜び、誰が複雑の思いを感じる。矛盾というシナリオが幕をあける。当然、現状を目にしてみれば、教師に対して余裕は見られない。生徒数が減少しても、この結果には矛盾というものが存在している。計算が合わない、帳尻が合わないという現状が、教育現場の混乱をもたらしている。

教育現場の汚染によって被害を受けた生徒は犠牲者である。いじめや体罰、さまざまなトラブルを抱えたとしても、誰にも相談できず、誰にも助けを求められずに無理矢理、学校に行かなければならないと思い込み登校を続ける。昨日も今日も、そして明日も最低な行為によって被害を受け続ける繰り返しの日々を送っている。しかしある錯覚が生じる。被害者は恥ずかしいと思い込む。それは洗脳に近いことであって、そこまでして、そんな思いの中、学校に行かなくてはならないのか？　それらの苦しみや辛さの中、現実に誰にも言えないまま、助けすら求められないまま、登校をしている生徒も存在する。心の叫びや助けは聞こえない。誰が、この問題を解決するのか？　それが課題であって数ある問題なのだから、私たちは見えないまま、先入観で間違った考えが生じられている自覚をしなければ、教育現場の問題を解決することが不可能になってしまう。

特別支援学校での不祥事。女性教諭が、教諭の給食を勝手に食べた男子児童の背中に反省文を張りつけ、校内を連れ回した耳を疑う不祥事。教諭の給食の食べ残しを勝手に食べた当時小学一年の男児を注意。その後「ぼくは先生の給食を勝手に取って食べました。反省しています」と書かれた紙を男児の背中に貼り、約二〇分にわたって校内を連れ回したという教育現場の汚染。児童クラブで、職員の女性が小学一年生の男子児童の手首、ひざ、足首を粘着テープで縛っていたことが確認された不祥事。いや、虐待だと言っていい。

「信じられない……」これが最初の言葉であった。注意をするどころか、粘着テープで児童を縛ることは誘拐や人質事件と同じであり、絶対に許されるべき行為ではない。教育者である人間がやるべき行為でもなければ、絶対に人間がやる行為ではない。テロ行為と同じ行為（こと）を平気ですることに対して、人間として許すことはできない。弁護することもできない。またしても教育現場での不祥事に、それも児童クラブという場所での虐待という不祥事に心が痛むばかりだ。断じて許される問題ではない。児童の心のケア、何よりも信頼と安心できる児童クラブに預けている立場である保護者も困惑していることだろう。児童と保護者の両方のケアも必要になるだろう。何度も伝えていることだが、常識を持って児童の将来を冷静に考えることができれば、このような虐待という不祥事にはならないはずだ。今回のこの行為は、誘拐犯やテロリストがやる行為であり、良心ある人間がやる行為ではない。こんなことが絶対にあってはならない。

保育園関係での不祥事に心が痛むばかりだ。断じて許される問題ではない。園児の心のケア、何よりも保育園に預けている立場である保護者のケアもしなければならない。安心して預けられる信用・信頼を持てる保育環境を実現させるべきである。報道によれば、園児の顔に落書きするなど不適切な保育が行われており、二〇二二年一〇月頃までに「水性ペンで園児の顔に落書きをした」こと、「〇歳児の顔を引っ張って広げ面白がっていた」こと、「泣いている園児の画像を職員のグループラインで共有していた」ことが確認されたという。信じられないことに、該当職員には保育士数人に加え所長も含まれている。

教育現場・保育現場の現状には不信感しかないだろう。もはや汚染された「教育・保育現場」の現状と言っても過言ではない。そんな現状という社会、教育環境になってしまったことを私は許すことができない。教育者としての行為ではない。それ以上に人間がする行為でもない。これが氷山の一角ということなのだから、不祥事に関する問題は、今こうしている時にも行われているに違いない。今後、行政機関が完璧な対処法を示さない限り、同じことが繰り返される社会になってしまうだろう。

教育者である「教員」は、生徒に対する人権をどう思っているのか？　私は大変強い怒りと憤りを感じている。私自身、過去において教師からの「いじめ」に近いことを受けた経験がある。高校時代は冷遇をされ続けた経験もあった。教師との対立関係を経験したからこそ、普段は目にできない教育現場の真相を目撃することができた。これは運が良かったと思うしかない。連日の報道で伝えられる教育現場・教育者による不祥事を、けして他人事のようには思えない。一昨年のことを、なぜ今になって公表をするのか？　もみ消しに近いことを続けていたのか？　やはり教育現場の不信感を感じて仕方がない。氷山の一角とは思いたくないが、それが証明されたことになってしまう。やはり何も変わっていない。私は、ハッキリ言いたい。教育関係者・教育委員会が嫌いだ。すべての教師ではないが、事務的であり、嘘をつくこと、優柔不断、エゴイスト……　そんな教育関係者は教育現場に必要ない！　もう我慢の限界だ。教師こそ世間知らずだ！　何も理解すらしない姿に、呆れて言葉もない。これは教師の生徒に対する「いじめ」だ！　卑劣な「いじめ」である！　二度と、このようなことがないことだけを願いたい。生徒に教育を教える立場の人間が、なぜ、このような行為をするのか？　または、いじめが発覚（確認）した時に、被害生徒をサポートしないこと、すぐに逃げようとする行為に、未だに変わらない教育現場の実態を誰もが理解できる時代になったことだろう。

やはり教員免許更新制を廃止するべきではなかった。この現状において、教員の免許更新制を復活させ、教師の不祥事を撲滅させる切り札になってもらいたいものだ。新たな教員免許更新制の復活によって、不祥事をすべてオープン化にして、常に教育現場を監視させる体制により、安心できる教育現場を取り戻さなければ、生徒の未来・将来がなくなってしまう。教師こそ、自覚を持たなければならない。頭でっかちの頭脳や態度には何度も苦しめられ続け、頭を悩ませた。当然、誇れる有能な教育関係者も存在することは理解している。だが、私の周りには誇れる教育関係者は少なかった。運が悪いとしか言えない。幼い頃の記憶というものは鮮明に憶えているものだ。時々、三〇年以上前の記憶が思い出される時がある。当時の保育園関係者、小学校低学年の担任にされた行為を思い出し、許すことができない悔しい思いを感じてしまう。幼い頃に受けた心の傷というものは大人になって深い傷になってしまうケースも存在するのだから、教育関係者は今以上に「心のケア」についての教育を学ぶべきだ。もちろん単なる運転免許証の更新と同じ更新制度では無意味になってしまう。心のケアを中心に、教育現場での最悪の出来事についての危険予測ディスカッションのような講習をしっかり学ぶことから、新たな教育環境へと繋がってほしいと思っている。

教育現場と教育環境の汚染は、学校だけではない現状という最悪な事態になってしまった。保育園、児童クラブまでもが不祥事という汚染に増殖している現状。児童クラブまでもが、このように教育指導者の身勝手な虐待行為で汚染されている現状に、私は悲しさを隠せない。当然、憤りを超える怒りだ。何も変わらない、変わっていない過去のままの教育現場。教育現場は何も変わっていないことが理解できる。強い憤りと怒りしかない。被害者である児童のことが一番心配である。心的外傷後ストレス障害という症状は、すぐに発症しないケースもあり五年~一〇年後に発症する可能性もある。そのようなことを考えないで身勝手な行為をした指導者は、もはや人間でもなければ、教育者としても失格だ。体調不良で退職するだけでは責任をとったとは言い難い。他の不祥事のケースを思い出せば、こうした「体調不良」を武器にして退職する場合が多いが、私は言いたい。「被害者と加害者の立場があまりにも平等ではない！」そう怒りを感じている。加害者が逃げること、その武器で責任を果たしたと錯覚する姿に、教育現場という汚染は何ら変わっていない。それどころか、ますます汚いきな臭い政治が存在していることが判明されている。

二〇二二年の自殺者の数が二万一八八一人となり、二年ぶりに増加したと発表されたことに驚きを隠すことができなかった。その中で小中高生の自殺者が計五一四人、初めて五〇〇人を超え統計開始以来最多となった現状に言葉を失いかけた。エゴイズムの反映、増殖により拡散している現状が目に見えて理解できる。教育環境において、未来という可能性が溢れる生徒に対して、または多様性を謳う時代に対しての大きな矛盾や疑問、最悪の偽りが、このように存在・反映されていることに憤りしか感じられない。または絶望感というものであるだろう。心が純粋で誠実な人間が、こうして命を絶っている現状に、私たちを含め、教育現場の対応や対策が完璧であるのか、不信感を隠すことができない。もはや教育関係者・教師が完璧な対応をするのが困難としか言えない。何よりも周囲が異変などを気づいてあげることが重要になるのだが、現実問題これが厄介なことに難しい問題と課題でもある。本当に悲しいことであり、周囲の無責任な発言によって最悪のケースに繋がる場合があることを十分に理解してもらいたいものだ。正しい講座を受けるべきである！　そう言いたいものだ。もはや緊急事態宣言をしなくてはならない水準に感じられる。生徒にとって学校という教育環境の存在は掛け替えのない存在でなければならない。それが現実は、どうだろう？　エゴイズムによる教育現場の汚染という現状に対して、教育現場・教育環境に関わりを持たない人間である私であるが、やはり辛い経験があるだけに、やりきれない思いになるばかりだ。悔しい気持ちも残る。そんな現状の間違いだらけの教育現場に対して教育関係者の目には、どう映っているのだろうか？　その光景を美しいというのなら、教育関係者としては失格だ。

何より、教育関係者自らが身勝手な行為、つまりエゴイズムをもたらすことが、教育現場・環境の終末時計を動かしていることに該当する。被害者は生徒であるのだから、完全に教育者は次元を大きく間違えてしまった。本来の教育者としての理念を失ってしまった姿になったことを意味する。

学校に行っても生徒にとって、生きづらさを感じるケースも存在するだろう。その悩みを誰が解決してくれるか？　そのSOSという助けを担任は察知することができるのだろうか？　見逃すこと、または見て見ぬふりをする可能性も高まる現実には悲しさを感じる。

このまま何も変わることもなければ、現状維持のまま進ませるだけでは教育現場の不祥事や、生徒同士のいじめなどによるトラブル、教師を含めた体罰が減ることも、それらが消滅することはゼロに近い可能性として存続することになってしまうだろう。このままでは近い将来、必ずと言っていいほど最悪な結果をもたらしてしまうことにもなりかねない。教育者による権力闘争によって教育現場の負の遺産を将来の生徒に負わせ、最悪の場合、将来の有能・優秀な教師・教育関係者にまで負の遺産を背負わせる最悪の結果に繋がることだろう。教育関係者の身勝手なエゴは不必要な権力闘争であって、ウイルスのように次から次へとばら撒き続け、知らぬ間に心の中にまで感染した結果、純粋な心の持ち主までエゴに染まり、支配され、コントロールされ最低な攻撃を繰り返す結末をもたらす。まるで見えない放射能のように拡散する最悪なシナリオにまで発展し、教師のいじめに発展することは、あまりにも最低・最悪なことであって、攻撃を受けた生徒は何十倍以上の心の傷を負ってしまう。教師のいじめは、絶対に許されるものではない。もはや、いじめではなく犯罪であると言っておかなければならない。しかし、加害者である教育関係者を含めた教師は、それらを簡単には認めようとはせず、汚い世界の中で、もみ消しをする可能性が高いことも数ある現実問題の一つである。残念なことに、すぐには認めず、受け入れることは難しいだろう。心からの謝罪がない現状には、憤り以上の心境の他、けして他人事のように思えない。被害者である生徒に対して、心からの謝罪もなければ、精神的サポートすら見られないことも現実としてあることが悔しい。大変悔しいことであるが、これが教育現場・教育環境という汚染された環境である世界である。まだ氷山の一角に近いと言える。何より生徒の「いじめ」は、大きく家庭環境の影響が反映されていると昔から言われ続けている。それらの原因が伝われているものの、それも変わらないどころか、大きくウイルスのように変異していることがわかっている。卑劣なことが進化・変異していることに対して、改善策や対応策は難しいが、根本的な家庭環境の見直しによる改善策・対応策が理想的であるが、家庭環境を変えさせることは、ハッキリ申し上げるならば無理だと言っておこう。そんな親たちと何時間も議論を重ねたところで解決することは永遠に困難で無理がある。よりにもよって加害者側の保護者は皆、口にすることは「うちの子に限って……」という言葉を繰り返す。昭和、平成、そして令和になっても、それらが変わることはない。謝罪をしたところで、それは形式だけの言葉にすぎない。どちらにせよ、心からの謝罪を求めることには無理があるだろう。もちろん、文部科学大臣、内閣総理大臣でも、すぐに教育現場の現状や、家庭環境を改善することは無理だろう。もう一つ言えることは、政治家にしろ、心からの謝罪や誠意を見せているのだろうか？　どちらにも不透明という光景の中、きな臭いものがある。

小学校・中学校において学習端末を使った（使用した）「いじめ」が多く存在していることに驚きと同時に強い憤りを感じてしまった。だが、これは想定の範囲内だった。新しい学習方法による新たなツールを使っての教育、つまりタブレットを使用した学習が普及すれば、タブレットを使用した「いじめ」

に繋がり、「いじめ」が増える傾向が高まる。まるで自動車の普及によって交通事故が多発する傾向と同じことだ。物事の発展といった、一つの序章とも言える。「生徒一人にタブレット端末を支給する」ことに、多くの問題点があったのではないだろうか。急速にタブレット学習を推進した結果、これらの現実問題が起こる引き金に繋がったのではないだろうかと推測している。あれだけ地方自治体において、熱心かつ前向きに情報教育における議論を進めてきただけに、これは想定外だったのか？　あれだけ推進という言葉を謳っていた、鼻高々に主張していたにもかかわらず、これらの結果をもたらした。それとも推進する過程において、こういったことを想定・予想してきたのだろうか？　どちらにせよ、不十分であったことは確かだということがわかった。やはり頭でっかちな考えのもとでは、目先のことだけしか議論されていないことが理解できる。または、そう推測することもできる。情報教育を推進する上で、最悪なシナリオを考え、想定しておかなければ、新しい学校教育というカリキュラムはできない。それを教育とは言いたくない。その他、タブレットに関係する個人情報のずさんな管理も現実のものになってしまった。コロナ禍が関係し、そこまで頭が回らなかったという理由を示した学校関係者には、あきれるばかりだ。重要なことを忘れてしまったとしか言えない。想定通り、教育関係者にはネットワークに対する管理は信用ができない。知識や経験不足が関係するのか？　これが身勝手な現状と言えばそうなのだから、別に不思議がることでもない。しかし新しい情報教育は多くのメリットもある。生徒の個性や才能を活かすチャンスが無限に広がる可能性もある。だが、これらの学習は多様性が溢れているとは思わない。それだけは言っておかなければならない。時に人間は身勝手なこと、身勝手な思考によって完全に使い方を間違えてしまう。これらもエゴイズムによって支配され、コントロールされ、それらの行為を繰り返す。それらを、しっかりと教える教科こそ、道徳なのではないだろうか。古典的ではあるが、もう一度、道徳という教科を復活させ、人の気持ちを理解できる生徒を育てていく方法しか残されていない。新しいタブレット端末についての注意点などを生徒に学ばせることも必要であると考えている。新しい情報教育を推進させるためには、ある程度の予測が必要である。最悪のことを考え、それらをしっかりまとめていきながら進ませることが、教育者として進ませていく上において安心・安全という面で必要なのではないだろうか。もちろん教育関係者だけで進ませることには大きな限界が生じてしまう。目先のことだけで、肝心なことを忘れることがあっては、ネットワークの管理はできないと言っておきたい。もちろん最先端技術での学習には限界があることを忘れてはならない。これらを多様性とは言ってほしくない。多様性で片づけられては困る。何度も伝えているが、これからの教育には「道徳」科目の復活が大きく役立つことだと思っている。果たしてタブレット端末を使用した学習において、人の気持ちを理解できる学習ができるかどうかである。

やはり、情報教育としてではなく、一般的な授業のもとで「道徳」という授業が復活してくれることを願いたいものだ。愛を感じる授業として。

新しいタブレット学習を高めたければ、より良い活用法を身に付けるべきだ。不登校の生徒に対して、タブレットで授業に参加させることも新しい教育としてのメリットになるのではないだろうか。バーチャル的な教室の授業風景として普及していくことができれば、不登校の生徒に対して一つの安心感が生まれてくることだろう。このように、道具は使い方によって大きなメリットが生まれる。単なる学習の一環として使用するのではなく、遠距離でもテレワークができる時代になったのだから、教育現場でも、このように活用させれば新しい教育を高められる可能性も生まれてくる。不登校になっても、ある程度、精神的負担が軽減できることも考えられる。それを教育関係者は考えられるだろうか？　私の目線として提案、提言をしたい。新しい教育法としてのありかたを。

「人の気持ちを理解する」それを教えてくれる場所こそが学校。だが現状における教育の場において数々の矛盾が存在している。不登校を経験した私は、ただただ言葉を失ってしまう。何も変わらない教育現場と環境。ただただ学力を高望みすることだけに力を入れている現状（こと）は、本当に正しいことなのか？　矛盾というものが邪魔をしている……　学校教育にも、偽りのユートピアが存在している。それと同じくエゴイズムまでもが。とうとう、闇は教育の現場にまで訪れてしまう結果をもたらした。そんな現状を知ってしまった以上、学校に行きたくない場合においても、学校に行かないといけないのか？　大きな矛盾との隣り合わせというエゴイズム。時代が進むにつれ、学校は変わってしまった。

不登校に対して　いじめ、学校内の不祥事

　不登校経験者として、さまざまな現状の「教育現場・教育環境」において、複雑な問題の山積みには言葉を失うだけだ。二〇年以上も間違いだらけの迷路から抜け出していない教育現場の環境は単に同じことを繰り返しているだけであるのだから、現状は変わらないままなのだ。当然、多様性を尊重し、多様性に適応すらできていない教育のありかたを目にして、不登校になった生徒、いじめの被害を受けた生徒の対応には呆れる対応が多いことも、大きな間違いだらけの現実問題だ。すべてにおいて被害を受けた生徒を含めた家族はどう思うだろうか？　数多くの原因があって、不登校、つまり登校拒否に繋がることが多い。不登校には、さまざまなケースが存在する。「ある日、思いもしない、何があったのだろうか？」と、家族ですら察知・予想・想定すらできない場面やケースも存在するため、単なる怠けだと判断され、本人を否定し、なおかつ本人の心を深く傷つけてしまうこともあるため、始めの段階は慎重な行動や言動、対応をした方が本人のためになる。この初期の理解ある対応で、不登校が解消される可能性が高まる。しかし、理由も聞かず、事情も

理解できず家族や周囲の身勝手な行為で、一生不登校のまま、社会復帰ができない最悪な結果をもたらすこともあるため、単なる不登校のまま見放すことがあってはならない。「いじめ」の場合、最悪な問題に遭遇するケースも少なくはない。残念なことに被害者側が泣き寝入りをすることがある。学校側は加害者側の肩を持つ最低な行為をする。理不尽だらけの現実が待っている。つまり一つの不祥事に近いことである。何もかも、もみ消そうとし、重大なことを隠すことも存在する。ここで重要になることがあるとすれば、学校や担任が解決してくれる、サポートしてくれる、助けてくれる、問題を改善してくれる……そんなことはあり得ない。もしも、それらを受け入れ、サポートをしてくれる学校があるとすれば一握りと言える。通常はあり得ないことが多いと理解すべきだ。かえって問題の悪化に繋がることが高いと言える。そう、私の当時の場面を浮かべてしまう。これらも教育関係者のエゴイズムによるものだ。とにかく自分の身を守ろうとする傾向が高く、それも必要のないプライドのかたまりのせいなのか？　もはや教育現場は、東京電力といった原子力組織に近い組織・体質に感じられて仕方がない。次から次へと問題が発覚する。最低な行為によって、被害者である生徒は将来を失う結果をもたらす。それでいて教育関係者を含め、教育委員会も仲間の肩を持つのだから、大きく常識が外れている。人間的な道義も失いつつある。教養を教える立場の人間なのに、不思議で仕方がなくなってしまう。最悪の場合、いじめを受けた生徒が学校を去り「転校」をする、耳を疑う現状がある。ただただ悔しい。学校を含めた教育関係者は、何を思っているのか？　部活での県大会、全国大会を気にするがあまり、事を大きくさせたくないことであると一瞬で理解できた。不祥事がスクープされれば辞退する結果になってしまうのだから、学校側は頭を使っていることがわかる。最低な悪知恵だ。被害者の生徒のことなど何一つ考えていない。これが教育現場の最低な「真実」であることを、一人でも多くの方にわかってもらいたい。そんな環境の場に、未来ある子供たちを安心して通わせることができるのか？

連日の報道で伝えられている教育現場・教育環境における不祥事は、氷山の一角であることが目に見えてわかる。教師による体罰、生徒に対する「いじめ」などの攻撃、精神的苦痛を与える「いじめ」が多く存在している。それが現状であることが悲しくてならない。いや悲しいどころではなく強い怒りを感じて仕方がない。私たちの知らない場面で不祥事が日常のように繰り広げられていることを、知る必要があるだろう。だが、もみ消そうとして事を荒立てたくない学校側の実態。何のために学校という環境が存在するのか、不透明になるばかりである。

口は災いの元という言葉の通り、人を傷つけることになってしまう。人の心を傷つけるのは簡単なことだ。しかし、その傷ついた心が癒えるのには倍以上の時間が掛かってしまう。あまりにも残酷なことだ。下手をすれば、一瞬の過ちが相手を何十年も苦しめる結果にも繋がってしまうことも……　それらを、よく、しっかりと理解するべきである！　私は、そう言いたい。間違った考えを持つ親に対して言いたい。あなたたちは、いったい何が恥ずかしいのか？　そんなにも世間を、体裁を気にするのか？　私には理解ができない。理解に苦しむと言っておこう。なぜ。苦しんでいる本人に対して温かく寄り添い、見守ってあげられないのか？　そんな考えは間違っている。エゴイストだ！　学校も学校である。不平等な学校と教育という現場。もう信じることは難しい。私自身も大人である。だから、これだけしか言わない。一番苦しんでいるのは、不登校になった本人である。これを、しっかりと理解してあげなければならない。温かいサポートや、臨床心理士による専門的な治療を進めてあげられるゲートキーパーとしての存在こそが、教育現場ではないのだろうか？　最後に。必ず親がいうセリフがある。「うちの子に限って……」それは大きな間違いだ。その言葉を口にする人間は疑った方がいいだろう。教育者よ、しっかりと見極めるべきである。緊急で提言が必要な教育現場という現状に、憤りを隠すことができない。そう誰もが思っているのではないだろうか。何ら変わっていない社会の実態。そして教育現場という真実。

これらの実態を知った以上、いつ学校とのトラブルに巻き込まれてもおかしくはない現代社会。もしも、何らかの問題（いじめ・不登校などに対する問題・教師とのトラブルなど）が見つかり、発覚した場合において、どういう対応をすればいいのか。経験者として伝えていきたい。学校や担任は、あまり信じない方がいい。信じてはいけない。単なる現状や抗議、報告を伝えることだけにしておいた方が無難だ。（報告・連絡・相談といった事務的な対応で構わない。）絶対に、被害者である本人を学校に行かせてはならない。担任の前にも行かせないことを守ってほしい。相手（担任や学校側）からの要求があっても従わない。また一方的に教育委員会に助けを求めたところで解決などあり得ない。教育関係者は、身内の不祥事や問題には甘い。もみ消しを前提とした動きを進めるだろう。必要に応じて学校ではなく、市町村の窓口に助けを求めることの方が解決する可能性が高いだろう。（あくまでも学校に助けを求めるより高い）信用のできる市町村、または都道府県の議員に助けを求めることも、一つのカテゴリーとして頭の中に入れておくこともいいだろう。

小中学生、または高校生の子を持つ親からの悩みは、やはり不登校に関する典型的な悩みであるだろう。これは多いと思う。ここでは一般的なケースに限る不登校についての例を伝えたい。多くの相談の内容としては数ヵ月以上、学校に登校していないとのことへの心配や不安の声が多いことが現状的な問題だろう。いわゆる登校拒否だ。当初は頭ごなしに学校に行かせようとしていたが、言い過ぎてはならないと思い、現在は本人の好きなようにさせている。しかし親としては、今後の進路や社会生活についてのことが気がかりで仕方がない、このままひきこもりになってしまったらと考えただけで心配を隠せない。どのように説得や対応をすればいいのか？　不登校について、私なりの回答や要点を伝えることにしたい。

一番辛い思いをして、葛藤や挫折に苦しんでいるのは、親や担任、学校側ではなく、本人である。これは当然のことであるため、しっかりと受け入れる必要がある。それを十分に理解してもらいながら今後について取り組んでもらいたい。辛い思いをしている人間に対して、頭ごなしに否定や中傷する言動は、親であっても絶対に慎むべきだ。それだけは強く言っておかなければならない。進路のことを含め、将来のこと、先のことを心配するのであれば、現状のことだけを考えるべきだ。不登校である子供のこと、苦しみ悩み続けている本人に対して寄り添う対応をすればいいのだ。実に簡単なことだと思う。そして温かく見守り続ければ、数ヵ月で不登校が解消されることに繋がる可能性も望める。逆に間違った対応をすれば数ヵ月以上、苦しむ日常が続き、最悪の場合、学校に復帰することも困難になってしまうケースもあるのだから、周囲の誤った判断は時として最悪なケースを作り出す場合もある。その可能性は高いと言っておこう。長引く結果、日常生活を送れなくなってしまい、精神疾患を患うことに繋がるケースや、将来、ひきこもりになってしまうことも現実にある。その最悪な場面を目にした親は必ず、このような言葉を口にする。「あの時、本人に私たちが間違ったことをしなければ……」と。もはや遅い後悔、無念であろう。要するに周囲の誤った対応から取り返しのつかないケースに繋がることを知ってもらいたい。不登校後、本人の努力次第では学力を維持することは可能であるが、その一方で精神面の脆弱を伴ってしまうことも存在するため社会的な常識不足、孤立に繋がってしまい、将来において人間関係が苦手になってしまう可能性も高まってしまう。周囲が、うるさく言おうが、周りが指導をしたところで残念だが無意味になってしまうことが非常に多い。どうすれば？　実は私は、不登校が六年以上も続き、教養力も低い上、常識の学習も不足であったことだろう。実を言えば学校に通っているだけでは完璧な常識を学ぶことは難しい。意外と思うだろうが、教育関係者・教員の常識の大半は世間知らずで常識が低い。私は小学生の頃に、お世話になっていた臨床心理士（カウンセラー）から、映画の世界を教わり人生を映画で学んだ。もちろん、幼い小学生の一般的な学習法でも、一般的からかけ離れた姿であったことだろう。もちろん当時においては、周囲は私を心配する声もあったが、これも立派な一つの個性的な学習であった。もちろん学校に通っているだけでは個性的な学習は困難になるだろう。まさしく学校では学べない「映画」によって人生論を学べる特殊な勉強から、ある意味では個性を見つけ、それを伸ばせることができることこそ、教育の多様性ではないだろうか。私は不登校の生徒に伝えたいことは、学校に行かなくていいから、基礎的な勉強、ある程度の常識を決められた時間の中で学習し、残りは映画の世界に足を入れてほしいというだろう。とにかく映画を観て、感じる気持ちを大切にしてほしいと。それが将来の可能性を高めることのできる多様性だと思っている。新たな教育という道を築き上げることこそが、これからの多様という教育への新たな道に繋がっていくことだろう。感性を引き伸ばせる素晴らしい学習だ。

学校で勉強を学ぶことがすべてではない。家庭内での余裕、本人の希望に応じて学習塾に行く手段も、学習面における将来の前向きな方向性に繋がっていくこともあるだろう。すべてにおいて「学校」に行くことの選択肢だけが一〇〇パーセント、必要であることは、まずないと思った方がいいだろう。この際、そう思うべきであると思う。

不登校になった場合の対応　本人、家族に伝えたいこと学校に行きたくないのなら、無理をして学校に行く必要はない！　まずは、学校のことは考えなくていい。学校に行かないことで、将来を失ってしまうことは絶対にない。だから安心してかまわない。学習面、勉強方法は、自分自身でしっかりと工夫して決めれば大丈夫だ。まずは、しっかり心を癒すことから始めればいい。それから、ある程度の常識さえ持てば大丈夫だ。万一、トラブルに巻き込まれそうな時でも、しっかりと回避、対処できることに繋がる。不登校は、人生や将来を失ってしまったと思う人がいるらしいが、完全に間違っている。そんな考えは、今すぐ捨ててほしい。その考えを持つ家族にも言っておかなければ、現実は何も変わらない。否定して、心が癒えるのか？　否定すれば何事も解決することはない。いろいろな間違った情報によって人間は混乱する。社会も同じことが言える。自分自身を大事にしてほしい。それだけのことを言っておきたい。大丈夫だ。これ以上、自分を責めないでほしい。辛い思いをしてはいけない。

教育現場においてエゴイズムによる最悪のシナリオとしての続編。それには続きが残されている。教師を含め教育関係者だけがエゴイズムに支配されている訳ではないということを、あらためて理解をしてほしい。時として生徒によって支配、コントロールされたエゴイズムという実態も存在する。これまで伝えた現状とは正反対（真逆）に生徒による教師の「いじめ」が存在する。これは本当に厄介なことであって、その攻撃を受けた教育関係者は、精神面において心理的苦痛を負う結果をもたらすこともある。それらの出来事、事件、不祥事から休職を余儀なくされるケースも増加している。大きな精神的ダメージを負ってしまう現実問題には憤りを隠せない。よりにもよって、休職を余儀なくされる教師の大半は優秀で、誰よりも生徒を思う教育理念を持った素晴らしい教師なのだ。復帰をされるまでには、言葉にならない苦しみや辛さを何度も経験したはずだ。残念なことに、それが原因で教育の場から立ち去る結果になってしまうことも少なくはない現実問題。教師同士の「いじめ」に近いことも存在し、教師の悩みは生徒のことだけではないということが理解できる。なぜ、これほどまでに教育現場は、汚染された結果になってしまったのか。一方では教育とは関係のない政治が存在していることにも憤りを感じる。解決するどころか、汚染され続け、取り返しのつかない結果をただ待つだけの現状だ。教育委員会も、文部科学省も何も現場のことを理解しようとは思っていないのでは？　何らかの不祥事が起きて、やっと対応する場面を報道で何度も目にしてきた。あの謝罪会見、深くお詫びをするお辞儀に誠意は感じられるだろうか。待っていましたかのように対応する場面は、単なるマニュアル的なことだ。それがこの社会の常識となってしまったことは、日本人として心が痛むばかりだ。同じく恥ずかしい光景としか言えない。学校は単なる企業なのか？　教育現場はサービス業なのか？　これでは、すべてにおいて物が言えなくなってしまう。人を「モノ」としか見ていない最悪なことだ。冷静に考えれば身勝手なエゴイズムということが理解されるだろう。国は何を考えているのか。この国のリーダーは、この現状を把握しているのか？　ただ単に目をつぶっているだけなのか？

教育環境において、もう一〇数年前から私は多様性を求めていた。特に不登校を経験した人間にとって大きな将来における悩みに繋がり、時には葛藤を繰り返すこともある。大きな現実問題として例に挙げられる問題こそが、中学三年生の進路であろう。先にも述べた通り不登校の生徒には、さまざまな事情がある。学校に行きたくても行けない、学校でのトラブルや不祥事の犠牲者であること、学校生活における不安は本当に大きな障害であり、本人にとっても解決できない妨げになっている。不登校を経験した人間にしか理解できない苦しさだと言っておきたい。特に発達障害、精神疾患などと診断された生徒の場合において、学習面についての不安の声も多くあることも現状の問題だ。当然、簡単に進路を決める問題ではない。その一方で学校や担任に相談したところで解決の近道にはならない場合もあり、またはアドバイスや助言を求めたとしても一般的な進路を進められることもあり、多様性を求めることが理想論になってしまうことも残念ながら存在する現実と言える。やはり強制的に進路を決められることは残念でならない。個性や才能を認めず、引き伸ばすことをためらい、ここにおいても身勝手な現実との闘いに悩まされ続けることになってしまう。決められたレールは、まだこの社会に残っている。だからこそ多様性を求めることのできる進路もあってもいいのではないだろうか。そのような道があるべきだと思う。十人十色といった多様性という選択肢を。長い人生、無理なら進路を一時的に見送ってもいいのではないだろうか。無理に進学をしたところで休学、退学になってしまうケースが方程式のようになってしまう。何度も、その選択をした仲間を目にしてきた。その大半は親の一存で進路が決められていることが多かった。残念ながら、やはり世間体を気にしている傾向が残っている。だが、絶対に長続きはしないと言っておきたい。進路を決め進学をすることが、本当の幸せというものか？　そうではない。たとえ高校を三年で卒業できないとしても、懸命に頑張りながら積み重ねた結果、五年で卒業ができたことの方が幸せなことではないだろうか。それが多様性というものである。生徒自身の精神面における自信にも大きく繋がっていく。

多様性を求める進路として、この一〇年近くで通信制高校の増加には、ある意味で驚きだった。前向きな多様性を求めることができる近道だと思うからだった。私立の通信制高校の開設は、別な意味での驚きだった。想像を超えた驚きと言っておきたい。それだけ多様性という希望が満ち溢れる環境を目指している方向性が感じ取れる。新たな革新的な環境で学ぶことのできる大切さは、普通高校にはない学び方が多く存在するものだ。自分で調べ、学習する通信教育の学習方法で身に付けた学力は、将来、人生において大きく役に立つことだと思う。何より自分のペースで学習ができると、ノウハウが高くなる傾向にも繋がっていく。やる気しだいでは無限な可能性も誕生されてくる。芸術的な学び舎という表現もいいだろう。ただ、この点について一つだけ注意点がある。偏った学習法が身に付くことを防ぐことだ。やはり一人が中心になるため、人間関係の問題、一般的な常識、世間的な問題などについて、若干の遅れが生じる場合がある。これは仕方がないことであるが、やはり学習以外においても社会や世間を知っておく必要もあり、今後の通信教育において新たなカリキュラムの制定を求める他ないが、やはり自らで培った経験は将来・人生において大きな財産になるものだ。「騙されない・強い意志を持つ・常識を持つ」これが、学校生活で自らの大きな武器になっていく。仲間同士の人間関係には、やはりどんな環境の場においても、気をつける必要性もある。これも人間だからこそそのエゴイズムや、人間の権力闘争というものが無意識のうちに生じてしまうためだ。

フリースクールという新たな教育環境について、読者の皆様はどう思われるだろう？「フリースクール」を知ったのは私が中学生の頃だった。もう二〇年以上も前のことだ。実を言えば、私もフリースクールに近い環境において学んだ人間であり、そんな、当時としては少し特別な教育環境であった。そんな特別な教育環境から、新たな多様性を引き伸ばしていける教育環境を普及させたい理念の立場の私だ。何よりも自由な教育環境こそ多様性が溢れ、個性から未来を引き出す可能性という希望が満ち溢れていくだろう。さまざまな事情などから、フリースクールに通う生徒が多い一方で、一般的な学校を選ばず（一般的な学校に最初から通わず）に、フリースクールを選択することも通常化され、選択も多様化している。今後において、フリースクールの普及が高まっていくことだろう。通信制高校とは別の環境であり、それぞれの学習環境に応じて個性を伸ばせることへの期待も高まっていく。教育とは「冒険」と同じだと思っている。その冒険の世界の中に冒険家としての主人公が、教育という環境で育ち、学ぶ生徒の姿。サポートをしてくれるスタッフ。一人一人のオンリーワンとしての多様性が存在し、それを開花することのできる掛け替えのない環境こそが教育という場だと思う。このまま教育現場の汚染が増えていく可能性の現代社会の中で、保守的な考えでは前には進めない。希望や未来を求めることも難しい。新しい教育環境として、私はフリースクールの普及を推進したいと思う。個性から可能性が広まる教育環境を目指していくことを。

経験上、一つの注意点もある。通信制高校・フリースクール、どちらとも言えることであるが、同じ境遇や共通点を持つ仲間同士との関係性は、時として思いもよらぬ結末へと発展することがある。危険と隣り合わせということも、ある程度の理解が必要である。深い絆があるからなのか、同じ境遇が重なるからなのか、それは不明であるが、お互いにある「共通点」というものが関係しているからこそ、生じるトラブルも存在している。そんなトラブルの経験者である私からの注意喚起を伝えていきたい。私たちは無意識のうちに心の中に存在する「歪んだ感情」があるものだ。ある出来事から、そのスイッチがオンになってしまう危険な存在と隣り合わせであることを、よく理解してもらいたい。それらのスイッチが入れば、人間は誰でも歪んだ感情によって性格変化が生じることを。何度も、それらの減少で狂った仲間を目にしてきた。二〇〇二年当時、中学生の後輩（仲間）が、携帯電話を持ってしまったことにより、一気に性格が変化・変異してしまった最悪の事態になってしまった。一ヵ月弱という短期間で携帯料金が七万を超える最悪の事態にまで発展してしまった。当然、親のいう事にも耳を傾けない。しだいに人間関係のトラブルにまで発展した。最終的には家庭内の暴力にまで発展した。もはや人間という姿が崩壊する危険な姿であったことが忘れられない。携帯電話一つで、大きく性格も人生も最悪の結果にまで発展する結末は恐ろしいものだ。不登校という同じ境遇の仲間であった彼の心の中には、歪んだ感情が眠っていた。携帯電話を持ったことで、そのスイッチが入ってしまったために、このような結末を迎えることになってしまった最悪の引き金という悪魔。このように、人間誰もが、心の中には常に眠っている「歪んだ感情」というプログラムが少なくとも二〇個はあるだろう。あるきっかけで突然スイッチが入り、最悪のシナリオまで発展する。人間の終末時計と言えるエゴイズムである。意識さえすれば、ある程度は抑えることはできるが、容易なことではない。エゴイズムという実態は実に厄介なものであるということが理解できただろう。ある意味では欲望は罪深いものである。歪んだ感情、歪んだ愛によって、人間はエゴイズムに支配されコントロールされる。その結果、後輩のように崩壊する。「不登校」や、「いじめの犠牲者」、といって共通点・境遇という、深い心の傷によって生じられる歪んだ感情がもたらす予想外の結末。二次被害的な展開であると言っておきたい。だからこそ、精神面における専門的な治療が必要であることが大きく言えるだろう。だが、正しい治療をしなければ、すべてにおいて無意味となってしまう。当然、薬を処方するだけの治療では何の意味もない。優柔不断のまま意志が弱かった旧友のトラブル。何度も約束を破られ、最終的にはエゴイズムに支配され崩壊した姿になってしまった。しかし、エゴイズムにコントロールされたことには気づいていなかった。

フリースクールに入校する生徒、フリースクールの関係者に伝えておきたいこと。

注意する点として、ある程度の人間としての常識が持てるようになることが大事なポイントになる。何よりフリースクールでのルールが重要になる。フリースクールであっても、何もかもすべてが自由ということではない。必要最低限の規則というものが重要だ。あらかじめ、しっかりとした明確なルールを作っておいた方がいい。常識に欠ければ多くの苦労が増えていく。肝心なのは最初だ。人間関係を作ることは簡単にできる。しかし、人間関係を終幕させることは「作る」ことよりも何倍も難しい。私の場合は、映画で人生や社会的な常識を学ぶことができた。いわゆる変人であって個性的な性格のおかげもあってか、幸いなことにすぐに習得することができた。だが、一人一人、学習法も習得法も違うことは当然なことであって、すべての人間が映画で学べる訳ではない。やはり、ここは人生の先輩と出会い、その先輩から人生論や経験談を聞くことから、大きくすべてがスタートするのではないだろうか。フリースクールのスタッフとの新たな常識を学べる学習法で身に付けることが無難であるだろう。ビジネス系の書籍を読むこともいいだろう。とにかく自ら興味や関心を持ったものには、とことん追求するチャレンジ精神が重要になっていくことは確かだ。その段階まで進んだ時に、映画を観ることもいいに違いない。そう、チャレンジ精神には無限の可能性が存在していることがわかる。常識や経験を学べることだってできる。これも自らによって新しい多様な勉強法ではないだろうか。実は、私のことを言っている？　私には、一般的な学習法では頭に入らない。だからこそ、特殊かつ個性的な学習法でしか身に付かなかったからこそ、このようなことを伝えているのである。そして誰よりも、チャレンジ精神があったことから運命が大きく変わったと言っても過言ではない。自分の意志だけはしっかり持つことが、人間関係のセキュリティソフトである。勇気をだして断れることができれば、トラブルには巻き込まれない。私の仲間は意志が弱く、優柔不断のまま、流される傾向だった。しかし、それは大変危険な行為である。このことを守れば、大丈夫だ。

私自身、仲間の態度や行為に何度も悩まされ、振り回され、裏切られ、嘘までもつかれた。それでいて教育関係者を含めた周囲は、いつも常識知らずの仲間の肩を持つ。私には厳しい叱咤激励ばかりをする周囲の鬼のような対応と言動には、あまりにも不平等にしか思えなかった。優柔不断、自由で身勝手、携帯を持ち始め性格変化、哲学的思考、人生における自給自足の姿の、かつての仲間たち。良く言えば個性豊か。悪く言えばエゴの要素という矛盾の中を歩き回る世間知らずだった。仲間の親を目にすれば一瞬で気づくことがある。親による支配だ。つまりコントロールドラマとでも言っておこう。この問題は現実として問題になったこともあった。複数の仲間が家族のことで大きく悩んでいた。理解がない家庭環境に当然、学校では解決できる問題ではない。そんなことが二〇年以上前から存在している。無論、現在でも、その問題が増殖し拡散していることだろう。それらを反映していた姿こそが、当時の仲間たちの姿であったと、今になって気づくことができた。教育現場の汚染は、家庭内から持ち込まれたエゴイズムである。どこで持ち込まれたのかが不明なウイルスと同じ意味を持つ。二〇年という月日の流れ……　今、コントロールドラマで支配した親たちは、どんな心境なのだろうか？　きっとこういうに違いない。「忘れた」と、その一言を口にするだろう。しかし、そんな言葉を耳にするだけで反省も解決すらできない現実は、あの日のままストップされている。責任を感じていないことは哀れだ。気持ちや言葉というものは、ただただ失うだけの存在なのだろうか。心までもが複雑という迷路になる。まるでパラドックスの世界にいるように。数ある矛盾という要素に囲まれ、どんどん道に迷っていく。きっと現状の社会なのだろうか。その光景を美しいという人間は存在するのだろうか？　世間ばかりを気にする人間……

私のフリースクールに近い学習環境のことを伝えておきたい。

私は小学時代から通っていた生徒であって、私が一番古いメンバーであって中学時代はリーダー的存在であった。不思議と、その頃は入れ代わり立ち代わりの変化が激しい環境が続いていた。ほとんどが中学生だったことも。不登校を経験する生徒の大半は個性が強い印象を受ける。もちろん全員ではないが、あきらかに「学校に行けない原因」が目に見えて存在する。幼い私でも理解ができた。いうなれば常識がない。学校で発揮ができないかわりに、この環境という場において勝手な行動を繰り返すということなのかもしれない。私自身も困ることがあった。「フリースクール」に近い、学校に行けない環境の場において、仲間外れにされる問題が勃発した。私がそのターゲットになってしまった。仲のいい友人まで流されてしまい、私は常に一人ぼっちだった。この環境の場だけでは満足せず、休みの日に仲間同士でカラオケに行く計画を目の前でいう光景には、幼い私にとっては悲しい屈辱的な光景であった。目の前にいるのにもかかわらず、平気で「あなたは仲間外れよ!」という光景を見せつける卑劣な行為だ。友人も友人である。ヘラヘラとして、意志も弱くなるばかりだ。下校時には、ラーメン店に外食に出掛けることもあったそうだ。それには指導員の先生に注意されたこともあったらしい。私は、当然帰宅していたため、直接目にはしていなかった。要するに「やりたい放題」が目立つということだ。今思えば、仲間たちによるエゴイズムが生じていたことに気づいた。よく考えてみてほしい。そのような環境の場において、あってはならないことであると誰もが思うはずだ。いかなる原因があっても、もしも学校に行っているのであれば、そんな行動ができるのだろうか? もしも、それらを繰り返し続けたいのであれば、今すぐ学校に行くべきだと思う。学校に行けない生徒が、これ程までに常識知らずの勝手な行動ができることは不思議でならない。生徒というより「連中」言った方が相応しいだろう。だんだんと学校に行けない原因も理解することができた。もしも、内部だけでなく当時、市町村の外部にこの現状が伝わったとしたら、どう思うことだろう。どのような問題になっていたことだろう。時代が時代なだけに、当時には報告はなかったと予想する。しかし現代ならば、大きな問題になっていたことに違いないだろう。私の嫌いな教育委員会も黙ってはいないはずだろう。いうまでもなく、エゴイズムは最悪の結果をもたらす。だからこそ、今強く伝えなければならないことは、新しい教育を進めるにあたり当然、どんな環境の場においても小さなトラブルはあるものだ。小さいままなら、すぐに対処できるが、それが大きくなれば取り返しがつかないことが生じる可能性も高い。人間が集まる場所なら、当然のことながら人間関係のトラブルが生じる可能性は高い。私自身の経験でも見えた通り、エゴイズムは、いつでも・どこでも・誰でも存在し、無意識のまま増殖しながら拡散する。人間が作り出した身勝手な悪魔なのだから。その危険予測を常に頭の中に入れておきながら、フリースクールに関係するスタッフ・保護者は、ある程度の監視が必要になる場面もあることを意識することも、始めのうちは重要になっていく。

不登校は、何一つ恥ずかしいことではない。私が親の立場なら無理に学校には行かせない。勉強のこと、将来のことも心配はしない。ただ一つだけ厳しく言っておかなければならない重要な教えをするだろう。不登校になっても、社会的な常識は持つべきである！　と。絶対に常識は持つべきだ。それだけは厳しく指導したい。この経験があるだけに……

教育現場・教育関係における未来のありかた。将来においての改善策についてであるが、問題などをを完全に無くすことは不可能に近く、物事には限界というものがある。人間関係におけるトラブルや問題の発端は自然現象に近いため、ましてやウイルスのように日々変異しているため、消滅することは永久にできない。残念なことだ。しかし、改善策は存在する。すべての教育現場（学校）、教育環境に対する問題や不祥事などに対して、すべてオープン化にするべきだ。小さな問題でもオープンにさせ、内部に関係する、もみ消しを完全無くすことで、クリーンな教育現場になるのではないだろうか。「いじめ」の問題に関しては早急に行政のもとで正しいガイドライン、サポート体制の強化を図る取り組みを作る必要性がある。いじめられている被害者が泣き寝入りする、そんなことを完全に無くさなければ、教育現場の環境は汚染され続けるままになってしまう。子供の虐待の問題や事件が発覚することに対しても、いじめ問題に似ているところが多く存在している。いわゆる児童相談所のありかたについてである。毎回、問題や事件になってから動きを見せることでは、このままの児童相談所の体制では何ら解決されることはない。重要なことは問題や事件に繋がる前の段階における取り組み、対応が重要になる。しかし、現状はどうだろう？　教育現場も同じ意味を持つのではないだろうか。単にスクールカウンセラーを増やすことでは何の解決にも繋がらず、やはり能力のあるカウンセラーを一人でも派遣させた方が解決の近道になる。生徒の聞き取り調査も無意味だ。学校側は無意味なことを好む体質であるため、簡単にいう事を聞いてはくれないだろう。すぐに検討すると言い続け、その場で物事がストップすることは日常の光景だ。この現状のまま教育現場の汚染が続けば、パンドラの箱を開く恐れがある。それを開いてしまえば、元も子もなくなってしまう。最悪なシナリオを作り出す人物こそ、エゴイズムに支配されコントロールされた教育関係者だ。無意識のうちに生徒にまでエゴイズムをばら撒き、感染させる最大の恐ろしさが、この現状においても続いていることを知ってもらいたい。教育現場による終末時計が動く実態を。　教育汚染は、もっとも恐ろしい核兵器であって、猛毒な放射能と同じ危険性をもたらす。加害者を増やす間違った理念。教育という環境の場所は、そんな汚染された環境だったのか？　いや、そうではない。無意識のうちに身勝手な先入観で、すべてが「悪いリセット」によって大きく変わってしまった。その原因を、果たして何人の教育関係者が知っているのだろう？

生徒を指導する立場の職種には、私たちの想像を超える精神面の重圧というものが常に隣り合わせであることを、私たちは忘れてはいけない。立場上、私は教育関係者が嫌いと言っているが、それは一部のエゴイズムという身勝手な汚染をばら撒く教育関係者であって、その多くは優秀かつ有能な教育者、つまり教師が存在している。生徒の気持ちが理解できてこそ、生徒に慕われる教師がいてこそ、この国の教育が成り立っている。教育という最前線の現場と環境で活躍している教師のおかげで、生徒の将来と未来が切り開いている。何より教師にとって純粋さや誠実さが大切であるだろう。そんな現状においてある問題が存在している。強いストレスを感じている教職員の割合が年々増加していることが全国の公立小中高校の教職員が加入する「公立学校共済組合」の調査で明らかになったそうだ。私の予想していた通り精神疾患となる教員が増えている問題には、現状の教育現場での汚染が関係していることだろう。何より今後において重要になることは精神疾患の予防や早期対処、復帰支援などの対策を強化することに力を入れるべきだ。

報道や記事で伝えられていた事例を伝えたい。教員の業務過多や保護者からの苦情が重なり、突然に出勤ができなくなるケースが多いこと、回復できても教室の雰囲気にストレスを感じてしまうフラッシュバック的なことが起こってしまう現実的な問題などがあげられる。やはり強いストレスから精神疾患に繋がり、休職を余儀なくされる現実問題に対しては、重大な問題であると思っている。具体的な対応策やサポート支援も積極的に行っているとのことを知ったが、それらが全国的に浸透しているかは、まだ不透明だと推測している。休職予防や復帰支援、病院内での「職場復帰支援プログラム」というグループワークに取り組んでいる地域もあるそうだ。約二年間、このプログラムに参加して復帰に繋がった教師もいる。心の悩みを抱えながらも多忙で病院に行けない教員をサポートする相談員を学校に派遣する病院もあることには、前向きな安心する取り組みが存在していることに嬉しい思いになった。だが、まだ一部の取り組みであることには変わりはない。今後において、ストレス対応や、ストレス軽減対応などを学校側が積極的に取り組めるかどうかが数ある現実問題の一つなのではないだろうか。同じ地域において、または同じ都道府県において例をあげれば、Aという学校は積極的な対応といった取り組みをしているが、Bという学校は何ら対応していない、ということが出てくる可能性もある。それぞれの管理職の認識や知識によって左右されることもある。また都心や地域の格差によって生じられることがないように、やはりこの問題は全国的に対策を強化させるように取り組むべきだ。最低な現実問題こそ、格差といった厄介なものである。それらに目をつぶり、見て見ぬふりの対応が存在していることも考えられる問題である。「うちの学校は大丈夫！」そんな甘い考えは現状の教育現場において通用しない。それらもエゴイズムに汚染され支配され、コントロールされたことを意味するのである。

この教員のストレス問題に関連した、すべてにおいて関連することを伝えておきたい。「メンタルヘルス」という言葉を耳にすることが多い現代社会であるが、あらためてその意味を知った。メンタルヘルスとは、精神面における健康面のことだ。これを損ったらけして一人では抱え込まず身近な周囲に相談することが一番の手段ではあるものの、相談を受けた相手が必ずしも、それを理解してくれるかが最大の問題であると私は思う。仮に誤解が生じ、間違った回答を口にしたり、または気持ちを理解してくれないまま叱咤激励をされてしまった経験や問題もあることだろう。それは大きく間違っている。その言動と行為、誤解から、さらに大きく心が傷ついてしまい、余計に精神面が悪化してしまうケースがあることも、残念なことだが現実だ。私は、そんな現状の社会を何としても変えなくてはならないと、誰よりも強く願い続けている。やはり自らの経験があるだけに現状、精神面において苦しい思いをされている方の姿に、けして他人事には思えない。多様性を謳う社会になりつつも、完全かつ本来の多様性には、しばし時間がかかるだろう。多様性についても都心と地域の格差という現実問題も存在する。最低な行為を繰り返す人間もいる。まさにエゴイズムである。

今後、もっとも大切になることは、「メンタルヘルス」についての正しい知識と理解が必要になるだろう。また、相談しやすい、相談されやすい環境づくりを推進していかなければならない。この環境づくりは、自殺防止にも大きく繋がることは間違いないと言われている。理解を深めて誰もが生きやすい社会の復活を目指していくことは当然、政治家が大きく理解をしなければならない。そして、その環境を一日も早く実現させてこそ、この国の未来が前向きになっていく…… 教育現場の汚染を消滅させることに他ない。もちろん教育現場においての環境づくりが必要であり、身近な存在だからこそ「相談しやすい、相談されやすい」窓口になり、いじめ関係の対処に繋がる可能性も期待できる。教育現場が、ゲートキーパーに近い存在にならなければならないのだ。教師のあるべき姿を見せなければ、これから先の教育現場に明るい兆しなど期待できない。専門的な臨床心理士との連携こそが重要であると考える。ここは、教育委員会に向けて私から叱咤激励をする。いらない取り組みに高い予算を使うよりも、こうした取り組みに力を入れることの方が、どれだけ重要なことだろうか？ 今必要なことに予算を使うことであって、教育現場にも政治的なものが感じられて仕方がない。教育現場こそ、頭でっかちな人物の集まりなのだから仕方がないのだろう。皮肉に感じられる。この時代だからこその情報発信、または有効的に動画やSNSで発信する方法も効果的なのではないだろうか？ ユーチューバーが「ココロ」をテーマにした動画を公開することによって一人一人がメンタルヘルスについて理解を示し、知ってもらうことからスタートすることも重要な方法になるのではないかと期待をしている。大きな可能性に繋がることこそ、小さな手段をいかにして積み重ねるかで大きく変化をする。いうなれば、これがワクチン作用のような効果を発揮する。

この世の中、叱咤激励や、批判や責めることをする人間には社会的な制裁がないことへの悲しさと悔しさ。誰もが痛いくらいに、そう屈辱的な思いを繰り返すに違いない。そんな現状に、ただただ強い憤りや怒りを隠すことができない。心のいい人間が傷つけられ、苦しい思いばかりをすること、そんな理不尽なことがあっていいのか？　私は声を大にして怒りをぶつけたい。それらを言われた人間は当然、心を病んでしまい精神病に繋がるケースも多く存在する。いう人間ではなく、言われた人間が背負う大きな心の傷……　心が弱っている人がいたら、親身になって温かい気持ちを示すこと、いい方向性に繋がるように専門的な場所を教えてあげるゲートキーパー的なことを示すことが行うべき必要最低限にもかかわらず、なぜそれらの「当たり前」のことを示さないのか？　これらの根本的なことを見直す必要が多くあるだろう。当然、その先頭に立つべき人間こそ、政治家であるに違いない。これは確かな解決策への近道になると考える。

精神的なことで悩み続けている人にとって、希望を感じる世の中になってほしいと、そう思っているのではないだろうか。私も、そう思う。何よりも、誰に対しても温もりある理解を示してくれる人間が多くなってほしい……　それが大きな願いである。「メンタルヘルス」についての正しい知識と理解を、都会でも地方でも、大きく環境が前向きに変化してくれるように、できることから始めることこそ小さな可能性が実現し、それらを積み重ねていけば、いつか必ずトンネルの先から希望の光が見えてくる。すべては経験から目の当たりにして学んだことである。その経験をけっして無駄にはしたくない。だからこそ私は、「メンタルヘルス」についての正しい知識と理解を広めるように動かなければならないのだ。「やればできる」という思いの中、不可能を可能にしていかなければならない。メンタルヘルスこそ教員と生徒のどちらにも適応することのできる、心のサポート、つまり心のオアシス的な環境である。それらの環境を求めることから、本来の教育環境を取り戻すことができると信じている。

私は、けして現状の教育現場を頭ごなしに非難や批判をしているのではない。それだけはわかってもらいたい。何より教育現場の汚染で犠牲者となっているのは幼い生徒や、将来を担う未来ある生徒である。思春期だからこそ、身勝手な行為による汚染によって心は傷つく。そして、それらにより再び傷つく教師の存在を忘れてはならない。共に犠牲者となってしまう現状という真実。エゴイズムによって支配されコントロールされる間違った教育現場と、汚染された教育関係者によるエゴイズムによる拡散。気づかぬまま間違った方向へと進む危険な現状の壁。かつての教育環境は愛が溢れ、豊かな教育の場であったことだろう。いつの間にか、事務的なマニュアルのもと、感情すら無くなってしまった環境に染まっていき、偽りの学校という教育現場、その環境になってしまったことを悲しくてならない。このマニュアル的なものを、いったい誰が作ってしまったのだろうか？　単に神経質になりすぎた偽りのマニュアルの存在を、誰が求めているのか？　時には権利や自由を奪う結果をもたらせてしまう危険なものを。何としても現状の教育環境から、かつての本来の教育の環境へと復活させなくてはならない。間違い、偽りを、正しい本来の環境へと。

新しい多様な選択という道から、本当の教育というスタート地点に！

ただ単に、改善策や解決策を待っているだけでは、何も始まらない。解決策を待つだけでは、それらにしがみついているだけでは、すべてが始まらず、水の泡になってしまう可能性もある。簡単な一つのことにとどまっていては、新しいことを始めることも、進めることもできずに生涯が終わってしまう、そんなことに近い結果と結末にもなってしまう。もちろん解決への道に、精力的かつ活発的に行動を起こしたとしても、大胆な行動を起こそうが多くの障害を目の当たりにする結果に繋がってしまう現実問題に必ず遭遇する。正しいことを伝え、それらを発信したところで莫大な時間がかかってしまうことを忘れてはいけない。解決策が現実として現れるまでに二〇年もかかってしまう。それも当然のことながら、エゴイズムによって邪魔をされている現実であるのだから、予想はできる。正しいことであったとしても、それを社会に対して、教育現場に対しても、すぐには正しいと思うことでも相手にとってみれば受け入れることは、まずない。受け入れたくないからである。そんな現状と闘い続ければ、この先、何年先になるかもわからず、最悪な場合、解決策が見つからないまま、このままの教育環境が続いていく可能性は高いと言える。予測不可能な、道すじという現状に対して、理不尽さだけが残っている。先の見えないトンネルの中を歩いているだけでも、想像はできるだろう。教育現場の現状という環境には多くの教育関係者によって増殖されたエゴイズムが拡散している。それを減らすこと、無くすことは容易なことではない。ハッキリ言えば無理と言われても否定することはできない。本当に残念なことであるが、私たちは、単なる保守的な考えのもとでは、何も始まらない。逃げることに近い行為だ。だが大事なこともある。意外にも忘れてたことであるような革新的な考えであったことを。このまま何もしないまま、教育者の間違った権力闘争というコントロールドラマに縛られるより、それらに従うことよりも、新しい多様かつ革新的な選択肢という道に進む方が、将来における希望が見えてくるだろう。それに一利あるのではないかと思っている。解決策を待っているよりも、大きな可能性を望むことができる。多様性が溢れる選択という道に進む新しい教育という環境である。

新しい多様な教育環境という選択肢に向かって歩くことの大切さだ。フリースクールという教育の道に進むこと、その環境をオープンに普及させることが、この先の将来に繋がる個性という選択ができるのではないだろうか。私たちには選択する権利がある。選択肢を拒否される権利などない。生まれ持った個性が新たな才能へと発展し繋がる無限の可能性。または自らが求めたい教育・学習環境の方向性に進むことこそが、これからの多様性に適した新しい教育環境ではないだろうか。過去、このような学習法があったことを思い出す。一人で図書館に行って一定の時間、自習することも新しい学習環境と言っても過言ではない気もする。それが多様性として現れ、多様な選択が認められつつある時代へと変わった。

新しい多様かつ個性溢れる教育という道を選ぶことで、汚染された教育環境から逃げる、立ち去ることも、この時代においては重要かつ必要性も高まっていくと推測している。むしろ、この選択肢に進んでいく方が小さいながらも可能性というものが生まれてくる。その方向性こそ、本来の多様性であって、新しい将来の人材を育てることができ、これからの新しい将来・社会の前向きな時代の発展に繋がるのではないだろうかと、私は大いに期待をしている。

やがて結果として、教育現場と教育環境の汚染と言う終末時計をストップすることのできるチャンスが到来するだろう。「新しい人との関わり方」で、私たちは大きく変わり、気づかされる瞬間の時がやってくる。新しい教育こそ、これまでには存在しなかった新しいエネルギーというものが有効に表れてやってくる。応用力によって無限という可能性との遭遇することも、日常の光景になることだろう。

新しいチャレンジを進めば、理想と現実という問題にも遭遇する。当然、私の思いや考えについても否定的に思っている人間もいるだろう。理想と現実は違うと言われてしまっても否定はできないが、何かをしない限り、ずっとこのまま何も変わらない。間違っている偽りの教育現場の汚染だけに、このまま何も真実を伝えなければ、日に日に犠牲者が増えるばかりになってしまう。何も改善策を考えなければ、間違ったままの環境で学んだ生徒は将来、どんな社会人になっていくのか？　歪んだ感情のまま、取り返しのつかないことがあってはもう遅い。それでも黙って目をつぶればいいのか？　誰もが、そう思わないはずだ。理想論にすぎないと言われてしまうかもしれないが、私には過去の辛い経験がある。その過去を「過去の清算」として、これからの新しい教育を発信させてこそ、この過去の経験が報われる結果となって、誰かを救いたいという思いの中、本来の教育環境を復活させていきたい、それだけの思いなのだ。あのオバマ氏も（元アメリカ大統領）、初めは名の知れなかった若手政治家であって、多くの地道な行動や活動をして知名度を広げた。小さく生み、大きく育てる精神だ。当然、批判・否定的な声もあったことだろう。しかし、あきらめることはなかったオバマ氏の姿。最初に「もの・こと」を動かす人物には多くの困難が存在するものだ。そんな人物が大統領になったことは、すごいと思う。ある意味において夢は捨ててはならないと、オバマ氏から教えてもらったような嬉しさを感じられた。

「新・ゆとり教育（仮）」という新しい教育方針と教育課程の実現化。

過去、「ゆとり教育」という言葉があったと思うが、この「ゆとり教育」についても、エゴが拡散され、ゆとり教育が消えていく結末に繋がってしまったのではないかと私は思う。身勝手な解釈によって「ゆとり教育」のイメージを変え、本来の「ゆとり教育」というレールから脱線させてしまう結果をもたらした。そう、本来の意味としての素晴らしい教育法というイメージを崩されてしまったと思っている。本来の「ゆとり教育」は、現状の多様性と、どこか似ている気がする。急がず、ゆっくりと自らの教育に励む、自分なりの教育法といった素晴らしいことが溢れていたにもかかわらず、エゴイズムによってイメージと解釈を変えられた結果によって、「脱ゆとり」という言葉と結末が生じてしまい、残念な結果として崩壊することになってしまった。イメージを崩されてしまった大きな過ちと罪。その責任は重いものだ。身勝手な解釈こそ、先にも述べたことであるが「憲法改正」に重なる。それには残念という言葉しか浮かばない。ゆとり教育を認めないということは、多様な教育環境を否定することになってしまう。ここにおいても、教育という理念も、やはり矛盾というものが含まれている。やはり都合のいいことだけを選んでいるうちに、大きな誤りといった偏りに汚染される結果になってしまった。この矛盾という解釈は、フリースクールという教育の場を否定することと同じ結果をもたらしてしまう。これらも多くの矛盾という迷路の世界である。やはり教育者を含め、人間誰もが都合のいいように解釈をする傾向が残り、不都合なことを都合のいいように変えようとする支配に汚染されていることがわかる。だからこそ、この教育現場という環境から脱出をしなければ、この先において不登校に直面した子供たちの将来は、どうなるのか？　明るい環境のもとで学習ができるのか？　個性や才能を引き出すチャンスを見失ってしまう結果になりかねない現状の教育から立ち去った方が、解決の近道に繋がるはずだ。この選択という行動から、現状の教育関係者たちにわからせることによって、これからの新たな教育環境の改善に一パーセントの可能性に繋がるのではと推測している。この選択肢から現状をわからせない限り、解決などあり得ない。そう、私たちは一つの誤った先入観に錯覚されていることが多い。先入観によって生じられることは、可能を不可能にすることだ。フリースクールの普及、先入観や誤解から生じられるイメージの撲滅（フリースクールに対する）、多様な教育環境や新しい教育課程のオープン化をする取り組みをすることによって、多様な教育環境は広まっていくに違いないと推測できる。「新・ゆとり教育（仮）」といった多様性を適応・適合した教育方針の構築も必要になっていく。それぞれの生徒に適合した選択肢を自由に選択できる環境づくりの必要性。発達障害・自閉症スペクトラムを理解した教育環境づくりこそ、この新たな教育課程においてもっとも重要なことに繋がっていく。特に不登校の生徒にとって大きなオアシスに近い環境になることだと思っている。最終的な教育環境といった選択肢として求めたい、必要にしている生徒もいるだろう。小さなことから積み重ねていくことができれば、大きく環境は改善する。「やればできる」の精神だ。その新たな考えを、ここに示すことにした。

一九四七年（昭和二二年）、教育基本法が制定された。そして二〇〇六年、当時の第一次安倍政権が、大幅な教育基本法の改正を行った。多くの内容・項目が追加されたことになったものの、教育現場は、より良い環境になったのか？　実際には不透明に近い結果をもたらした。何の意味もなかったのでは。教育現場の変化も見られないどころか、教育現場の不祥事や、卑劣な「いじめ」が減る気配も見られなく、身勝手な汚染が増加する現状になってしまったことには、言葉も見つからない。小中高以外でも、保育園や児童クラブにまでもが汚染されている問題には怒りしか見つからない。問題を解決するためには当然、教育関係者だけが改善策や解決策をすることは困難だと、ようやく理解・現実として見えてきた結果という現状になってしまった。やはり教育関係者には無理がある。仲間の肩を持つことや、すぐに不利なことをもみ消す体質が残っている現実問題には、このままの状況が続けば歯止めがきかなくなってしまうのも時間の問題だ。教育現場と環境のエゴイズムによって汚染され、教育というところにまで終末時計が動いている現状を、一人でも多くの人に解ってもらいたい。

部活にまで現実問題が生じている。教師・顧問による負担の問題。理解できない訳ではないが、政治と同様に「矛盾」が生じている。その環境の中においても生徒同士の暴力、顧問による卑劣な体罰や、精神的体罰が存在する現状こそ、教師と同じく生徒にまでもがエゴイズムによって支配され、心を汚染させた結末になってしまった。これは、教育関係者が求めていたものなのか？　いや違う。無意識、無症状によってエゴイズムに感染され、支配されれば、最終的に人間は「問題」・「事件」を起こす引き金をもたらす。実に最悪の結果として悪夢が現実化されてしまう。さまざまな学校という教育現場での不祥事やトラブルについて、一般的に学校が解決してくれる、改善してくれる、サポートしてくれるということは、ありえないと頭の中に入れておくことを言っておきたい。すべて学校に委ねてしまった結果、かえって事を悪化させてしまうことも多い。間違ったことが存在していることも現実だ。その中には、教育現場特有の政治も存在している。すでに拡散していることは確かだろう。

今こそ「新・ゆとり教育」といった新たな教育スローガンを定着させることも必要ではないだろうか？　もちろん最大のテーマは個性を大事にする多様性が溢れる教育である。不登校でも、安心して学ぶことができて、将来の希望を失わない環境づくりこそが、本当の意味での教育なのではないだろうか。もう一つ、重要なことは「道徳」科目を復活させることに意味がある。教養という学力も大切だが、人の気持ちを理解できてこそ、人の気持ちを理解できるように学ぶ環境こそが教育という場である。教育現場にとって最悪の結果をもたらしたことの一つは、道徳教育を廃止したことによって、大きく環境が変わったと言っても過言ではない気がする。

教師に縛られることがなく、それでいて教師を信頼できる温かな教育環境の復活こそ、誰もが求めることだろう。山田洋次監督の映画（一九九三年公開・配給 松竹）「学校」の、西田敏行さん演じる、黒井先生こそ、本来の教師の鏡である。私は、この映画で何度も救われた。私の人生の中で敬愛する映画作品だ。舞台となった夜間中学。本当にあったエピソードで涙なしで、この映画は観れない。映画の終盤では「幸福（しあわせ）」について教師と生徒が語り合うシーンに何度も心を打たれた。「幸福とはなんだろう？」と、生徒に語りかける授業は、けして特別な光景ではない。「幸福」をめぐる授業の中で多くの意見や思いと考えを示す生徒の眼差しは、どこか現状の授業とは大きく違うだろう。教室の中で一つになった教師と生徒の心。まさにこれが、本当の学校という存在であって、本来の教育という現場という環境ではないだろうか。素晴らしい環境だと思っている。薄暗い教室であるものの、生徒は明るい眼差しで生き生きとしている。学校で勉強できる喜び、そして教師は、教えることが楽しくてしかたがない。明るい笑顔という雰囲気に満ち溢れている教室を想像してみてほしい。それが「学校」だ。たくさんの人間という物語が存在し、もちろん多くの事情もあるだろう。そんな特別な教育環境だからこその、支えや励ましが存在することも素晴らしい教育という環境である。何も特別なものではない。ごく当たり前だが、その雰囲気には人間本来の温かさというものが溢れている。教育基本法、日本国憲法では示すことのできない、人間の掛け替えのない感情という素晴らしい存在があるものだ。この世は捨てたもんじゃない……　そう再び思える日は、いつかやって来る。

二〇〇六年の教育基本法の改正は、直接的に「学校」・「教師」・「生徒」には関係がないと言っていい。それで教育現場の環境が変わっただろうか？　学校の不祥事が減り、無くなったか？　単なる言葉だけの方針や綱領を変えるだけの改正では、教育現場は何一つ変わることはない。変わろうともしない。むしろ多くの格差が生じるだけの結果になってしまう。保育園での待機児童の問題も、マイナス面という時代の反映が大きい。すべてにおいてエゴイズムが増殖しており、それが無限に拡散している。原点を辿れば人間が作り出したものは、攻撃性の高い核兵器と同じ攻撃力がある。それが言葉というハラスメントとして。

次なる日本のリーダーに託す他ないが、果たして上辺だけの理念や選挙戦を役者のように演じるだけでは、日本も政治も何一つ変わらない。選挙を楽しむだけのパフォーマンスを何度も目にしてきただけに、いつも憤りを感じるしかない。誰がリーダーになっても、自分には関係ない。日本には関係ない。そう無関心に思う人も多く存在していることだろう。役者を演じるだけのリーダーは求めない。それでリーダーというのなら、それは大きな間違いだ。

もう一度、よく考えてみたい。教育現場と環境に必要なこととは？　簡単なことのようで難しい考えであるが、よく考えれば、それほど難しくはない。難しく考えれば考えるほど、答えは見つからない。新たな教育という環境に必要な存在は、教師と生徒の深い絆であるだろう。それは義務教育の課程だけでなく、再チャレンジとしての教育環境にも適応することも大きな条件になっていく。何歳になっても学ぶことのできる環境、文字が書けなくても、人よりも教養の遅れがあったとしても、再び教育の場において学び直しができることは、けして恥ずかしいことではなく、それをためらう風習が無くなっていってほしい。それこそが本来の多様性ではないか。「こんな自分でも勉強をしたい！　学習を学びたい！」という生徒がいて、「よし！　いつでも教えてやろう！」という教師がいる。これが「学校」という教育の場なのである。教師と生徒の深まる絆によって、大きく教育環境は変化していくだろう。ここで間違えてほしくないことは、ただ単に昭和時代のような熱血教師とは異なることだ。この令和という時代に適応した新しい教師と生徒の絆を構築しながら、見つめていかなければならないだろう。教育現場と環境の立て直しが必要になっていく。これからの新たな教育の場、教室の環境こそ、映画「学校」の、黒井先生のような人物像に近い教師が、必要性のある教育へと進めていくことに繋がっていく。学ぶことの喜び、教える立場である教育者としての本来の姿で発揮をしていくことが、汚染された教育現場を救い、生徒のために存在する教育へと発展させることが求められている。教師という掛け替えのない素晴らしさは、けしてお金を払って買えるものではない。

学校が楽しい場であるべき環境なはずなのに、私たちは、どこで道を間違えてしまったのだろうか。素晴らしい教育の環境に汚染物質をばら撒き、拡散させたことへの責任は、人間の作り出したエゴイズムによって大きく生じられた。

映画「学校」のラストシーン、下校時、玄関での教師（担任）と生徒の姿。一人の生徒が教師・担任にある思いを告白する。夜間中学を卒業して高校に入学して、将来は大学の教育学部に進学する思いを伝え、そして、この学校に教師として帰ってくることを正直に告白したシーンだ。教師は、生徒が自分の後輩になってくれるのかぁーと、目頭を熱くして喜ぶ。それまで必ずこの学校にいると誓った担任の言葉には優しさと重みがあった。生徒を思い、教師の愛が感じられた。照れくさそうに、その場を立ち去った生徒……　教師にとって最高の瞬間になったのではないだろうか。これが本来の素晴らしき教育という環境である。この映画を観て、教師という仕事を志した人も多くいるだろう。「しあわせ」って、この光景を意味する。生徒がいて、教師がいる。そして教育という環境が存在する。けしてお金を払って買えるものではない。掛け替えのない幸せこそ、将来の支えや励みになる。それが教育者が教える本当の勉強ではないだろうか。黒井先生のような先生の姿……

教育現場の汚染という現状に、教育環境に関わりを持たない人間である私であるが、やりきれない思いを感じている。そして悔しい気持ちも残る。そんな光景を教育関係者の目には、どう映っているのだろうか。この光景を美しいと口にするのなら、教育者として失格だ。

最後に言っておかなければならないことがある。特別支援学校での不祥事という体罰があるという事実を。障害を持つ生徒に対する体罰、暴力、虐待、性的虐待は、人間としての行為でもなければ、最悪な行為である。絶対に許される問題ではない。生徒の人権をズタズタにする身勝手な行為として、それらの行為を現実にする教育者の姿。良心すら存在していないだろう。これらの問題が、これ以上……それを思うだけで怒りしかない。障害を持つ環境という教育の場において、本当に求められる教育とは何だろう。大きな課題として残っている現状に対して、その真実は関係者にしか見えないこともあるに違いない。部外者には見えない闇という汚染。エゴイズムによって支配される最悪のシナリオこそ、氷山の一角である。報道ですら伝えきれていない教育現場の闇社会の実態。もちろん、その場面において障害者である生徒に対する差別が存在していることにも心が痛むばかりだ。身勝手な思考による判断は、もはや犯罪としか言えない。損害賠償、罪として立件、起訴されても、被害を受けた被害者は解決すらせず、精神的な苦痛との闘いが続く。裁判が終幕しても、何ら解決もしない。エゴイズムという身勝手な行為は、一生の心に傷になることを理解する必要がある。将来も未来も失う結果をもたらす。加害者である教師は退職をする、日頃の精神的苦痛があったと口にする身勝手な言い訳。それは誠意とは言えない。そんな教育現場という環境の中における汚染を無くさなければ、この国の教育は崩壊する。エゴイズムがもたらす終末時計が存在しているだけに。汚染によって将来、生徒の笑顔が消える教育環境になってしまう問題は、もはや夢では無くなってしまった。残念ながら、この国は間違いを繰り返すだけの社会を拡散させてしまったことにより、弱肉強食・格差問題を再び甦らせてしまった。まさしくエゴイズムの本来の姿によって……解決への道には程遠い。改善策、新たな教育環境を普及させるには、一〇年という時間が必要なことも大きな現実問題の一つだ。しかし、私は、それを最後まで見届けていける覚悟がある。一人一人の力が加われば、不可能を可能にすることができる。少子高齢化社会の現状において、将来の子供たちの笑顔こそ、この国の天使という存在になっていくだろう。笑顔が絶えない教育環境を実現させ、汚染という負の遺産のまま、未来の子供たちに、そんな汚染された教育環境の場において背負わせることを、もうやめにする必要がある。それだけを知ってもらいたい。愛ある人情、『三丁目の夕日』のような環境を少しでも反映できる教育環境にさせていきたい。

笑顔が絶えない教室での笑い声。真剣な眼差しで学ぶ授業。学校だからこその、本当の意味での教育。「しあわせ」を考え、その答えを見つける学校という存在。無意味なマニュアルを捨てることから、本当の教育が復活する。先入観を捨てれば、エゴイズムが軽減する。一つの大きな意識から、大きく世界は変わるのではないだろうかと、私は思っている。さまざまな事情を抱えている人が、必要として求めていける新しい教育環境を広められるように……

私の敬愛なる八〇代の恩師へ。恩師と出会い、もう二八年になるだろうか。小学生から高校卒業後も恩師に何度も助けられた。昨日のことのように感じてしまう、数え切れない想い出から時々、あの日に・あの当時に、タイムスリップできたらいいなと、そんな思いを感じてしまう。通常ではありえない家庭教師に近い学習方法で学んだ時期もあった。私は、恩師に頼ってばかりだった。常に恩師から離れることもできずに、甘えるばかりの行為を続けていた。ある時期に差し掛かり、恩師との温度差……　考えによる方向性の違い、性格の不一致が生じた。私は恩師が最低な人間性の持ち主であると一方的に決め続けた。私には、最低なエゴイズムがあった。それらに支配されコントロールされていたことをコロナ禍によって気づくことができた。私は最低な間違いを犯していた……　それに気づいた瞬間（とき）、私は恩師から離れる、旅立つ、自立しようと思った。恩師を頼っていたことは、自らにおいて狭い世界の中にいたことを意味していた。もっといい距離をとれば良かったのに。何度も自分を責め続けた。あの日の想い出は、心の中に大切にしまっておきたい。

あの日のままでいいのだから。これが、恩師への償いの気持ちである。直接、顔は会わせない。恩師のことが嫌いになったのではない。恩師のことが大好きだからこそ、このままでいい。ただ一つの心残りがあるとすれば、恩師に謝りたかった。無理に大人になろうとしていた私はいつも焦り続けていた。不安で仕方がなかった。だから恩師に甘えていた……そんな私を叱ってください。恩師と出会えていなければ、今の自分は存在していなかった。当然、高校を卒業することもできなかっただろう。恩師との別れは、一般的な別れではなく、ようやく新しい旅立ちによって、恩師から旅立つ自立としての前向きな結果だと思い続けたい。ありがとう、恩師……　一生、あなたのことを忘れません。いま、こうして旅立つことができました。あの日の想い出の瞬間は、人生で一番の宝物です。いつか、タイムスリップできたら。

あの日の想い出の場所まで歩き、目にすれば当時の私が一瞬であるが見えた気がした。過去の私との再会は、現在（いま）の私に、あるメッセージを伝えてくれた気がしてならなかった。温かな懐かしさの中に、どこか本当の幸せの存在を教えてくれたかのように。あの日の私との再会……　きっと笑顔だったことだろう。

3 発達障害・自閉症スペクトラム・アスペルガー症候群の現状と真実

アスペルガー症候群の私が伝えたい、誰にもわからない「一つの真実」を言いたい。七年以上服用していた抗うつ薬「パキシル」を完全にやめてから、本当の意味での人生の中、自分との葛藤との闘いが始まった。それはイバラの道を歩くことであって、現在もその道を懸命に歩き続けている。それは報道やメディア、書籍でも伝えられていない「真実」であると思っている。特に自分自身の精神面や精神的病状などを理解して、自らの現状のことを知っていればいるほど、ガラス玉の心は傷つくばかりなのである。見なくてもいいものまで見てしまう残酷な光景という社会の場面。恐怖と隣り合わせの毎日であって、希望や未来を失ったかのようなモノクロの世界のようだ。それが私を含めた「本人」の現状だと言っておきたい。発達障害を含め、アスペルガーは病ではない。個性溢れる十人十色という、白い絵の具で描いた個性という世界を……　先の見えないトンネルの中を歩いていることに変わりはないが、発達障害全般に対する真実を伝え、世の中、社会に正しい「真実」を伝えることから、本当の意味でのスタート地点に立てるのだと思っている。

先の見えないトンネルの中を歩く強い孤独と心細さは地獄への手前の道だろうか。二〇二三年一月某日。耐えきれぬ精神面において、どうしようもない絶望で限界だった私は、先の見えないトンネルの中を歩く孤独感と心細さに負け、もがき苦しみながらスマホを見つめ押しつぶされる葛藤の末、誰かに助けを求めたい、ただそれだけだった。無我夢中とは、この状況を意味するのだと。スマホを握りしめ、見つめながら「いのちの電話・こころのよりそいホットライン」に電話をした。初めての経験であって完全に人生を見失ったかのような恐怖の感覚だったことが忘れられない。それ以降の数ヵ月の期間に、同じような状況になってしまい、何度も電話で助けを求め、必死になって現状を伝え何かしらの解決策を見つけたかった、ただそれだけの思いだった。しかし、顔の見えない誰かもわからない電話相談で話すことは何一つ解決の道には繋がらず、時には理解を示してはくれない事務的な世間一般的な回答にはショックのあまり、やりきれなかった。（私の場合においてのケースに限って）絶望的な気持ちが弱まることもなければ、やはり夢や目標をあきらめて現実的な考えや行動をとるべきだと言われているような気がして辛かったとしか言えなかった。これが多様性を求める時代と言えるべきなのか？　多様性が通じる時代になったとは言い難い。もしかしたら、このような行為をすること、抱えている葛藤や絶望は、けして私一人だけのものではない気がする。むしろ、私以上に苦しみ辛い思いをしている人が大勢いるのではないだろうか？　実を言えば、ここ最近になっても（二〇二四年六月当時）押しつぶされる心境の中、「いのちの電話」に助けを求めてしまった。結果がわかっていても、どうすることもできなければ自らの不明に遭遇する。そして最悪の場合、途方に暮れる結末にもなりかねない。自らの心の闇は、いつになっても解決されるどころか、いつになろうが解放されることもないに等しい。ただただ、そんな日常を繰り返すだけの毎日に取り残される悔しさと共に、押しつぶされる心境には、本当にやりきれなくなってしまう。これも解りきれない真実である。本人だけが知る現状の辛さである葛藤の場面。傍から見ても、それを目にしても周囲には気づいてもらえない悲しい現実との隣り合わせの現状を多くの人に知ってもらいたい。それが私たちの「真実」である。最悪の場合、医者までもが誤解をすることもあるだけに、正しい診察や治療を求め、私たちの個性を認め、信じてもらえるような医療を大きく求めることから、固定観念に汚染された終末時計をストップすることができるのだと思う。そう一人一人の思考と意識、行動から大きく広がっていくのだと……　そんな偏見や差別の現状を変えていかなければ、すべてにおける将来の可能性というものが無くなってしまうのも時間の問題。急速に進むことだろう。このまま何も変わらなければ、私が伝える現状という「真実」のまま、すべてが警告といった「予言」する通りに、まるで予告編のように砂の城のように崩壊する瞬間を、いつか、私たちは最悪な光景を目撃する結末が現実のものになってしまう。誰もが、その光景を目にして冷静さを保てるだろうか？　そう、すべては人間が作り出したものであるがために。

そんな私自身の現状と言えるに違いないが、発達障害・自閉症スペクトラム・アスペルガーという個性を持つ人間の世界とは、一般的には理解されることが難しいことであって、一言で個性という世界観を説明することは正直、困難になってしまう。あるがままに主張しても認められない悲しい現実の場面。これまでの人生という場面、経験の中において理解されることは困難であり、簡単には語り切れない人生という物語であるのだろうか。やはり白い絵の具で描いた世界観であるため、傍から目にするだけでは、そんな世界観を理解してくれることは困難に近いのだろう。当然、日常生活においても多くの障害や妨げとなる場面も多いと言える。ハッキリいうが人並み以上の苦労をしてきたはずだ。それでいて一人一人が全く異なる症状であることが多いため、未知なる世界である。その道半ばの中で経験、実感したことは、恐怖や不安が一般的な人よりも多いことが言えるが当然、葛藤や絶望感を何度も味わってきたことだろう。私の場合、地獄の世界だった一五年以上ではあったが、けして不幸せではないことを強く伝えておきたい。ここで言っておきたいことがある。個性ある人の姿を目にして可哀想だとか、そんな哀れな目で見るのだけはやめてもらいたい。人間は「モノ」ではない。ピエロでもない。数ある言葉を組み合わせ、単なる言葉を口にするより、心から励まし支えてくれることの方がどんなに有難いことか。寄り添い、個性や気持ちを尊重してくれる、ただそれだけでいい。どんなに救われることだろう。言葉の数よりも、助け合い寄り添う気持ちや理解を示す行為が掛け替えのない存在になることだ。それが社会復帰への大きな近道であるからだ。誰かの温かい一言で、そんな励ましから「明日も少しだけ頑張ってみよう！」と感じることのできる社会環境の復活を求めたい。当然、理解のある熱意のある政治関係者に訴えなければ、何もスタートはできない。根本的に間違った社会の現状を変えていかなければ。失われた存在を求めることが何よりも重要な現状の課題である。

私たちはどうして、こんなにも生きづらさが、こんなにも倍増していることが続いているのか？　自分を責めること、関係がないことに対してまで苦しむこと、絶望感を含めた葛藤が多いのだろうか。これは誰に対しての責任なのだろうか。または誰が下した制裁なのか？　この世に生まれたことを喜ぶことができない辛さを経験した人も多いことだろう。人と同じじゃないから、同じことをしなければ常識人として扱ってはもらえないのか？　傍から目にすれば元気で明るい人間かもしれないが、誰もが心の中までは見えないのだから、簡単に想像だけでは判断をしないでもらいたい。言葉一つで人の心を傷つける凶器になってしまう何気ない冷たい言葉。何度も耳にしてきた。私たちには、私たちしか知らない「真実」があるのだから……　いま、ここに勇気をだして、それを主張していかなければ辛さが倍増して、ますます生きづらい世の中になってしまうと確信している。ある意味では現実・現代社会に対して警告的なことを発信していかなければ、何も変わらない。私たちの小さな声に耳を傾けてもらいたい。それが小さいながらの変革と言える。純粋で誠実な世界観を……　僅かでもいい、ただ、小さく認めてほしい。受け入れてもらいたい。世の中が変わってほしい。その小さな理解という対応で何十人、何百人、何千人の発達障害、アスペルガー、精神疾患を患った人を救うことができる道筋になると思っている。心が傷ついた人を救うことのできる要素を、私たち人間誰もが、その力を持っている。持っているのにもかかわらず、それらのプログラムが働かないという現代社会、目の前のことにとらわれているために、人を救うことができなくなってしまう悲しい現状という世の中。ただできることは、誹謗中傷や批判的な言動と行為だろう。間違いだとは気づかずに、それらは簡単にできてしまうのだからエゴイズムという実態による解釈の方法は身勝手にも、人間の欲望なのだろうか。あまりにも間違いであり、大きな矛盾が多く隠れている。

発達障害・自閉症スペクトラム・アスペルガーの印象やイメージだけで身勝手に「そうであると判断」される現状・現実問題の一方で、大きな誤解や疑問が生じる現実問題や世間の間違った態度や固定観念、本来の多様性そのものが認められない、認めてはもらえない現実の壁という問題に直面した場面（こと）に言葉を失うしかなかった。暴力的な言動を始めとする言葉は、大きな凶器である。そんな言葉を凶器として傷つける行為は、もはや犯罪行為に等しい。人権に関わり、時には精神を破壊する結果に繋がりかねない。どんどん精神や、心を萎縮させ、容態が悪化することも存在する。絶対に許される問題ではない。許される行為でもなければ、それを言われた人間の辛さを理解できるのだろうか？　いや、理解すらできないだろう。そんな頭脳の持ち主であるなら、始めから侮辱的かつ不適切な言葉を用いることはないと思う。自らの心がドミノのように崩れかける葛藤や挫折からの絶望感には、やりきれず、何のためにこの世に生まれてきたのかと嘆き、もがき苦しんだことも数え切れないほどあった。どんなに心の強い持ち主であっても、常に弱さを隠している、隠さなければならない深い理由があるからだろう。心の傷をかかえながらも、毎日を懸命に闘い続け、自分自身を立て直そうとしている現状を知ってもらいたい。だが、正しい真実というものは発信されないどころか、間違った方向へ傾く風見鶏。これらの場面に遭遇した経験者も大勢いる社会なのではないだろうか。理解がされていないが故に、一方的に理解がされず、大きな甘えであり仮病ではないかと周囲は好き勝手なことを言い続け、将来を失った人間として扱われ色眼鏡で見下す。一部の事例しか伝えられていないことを、当たり前のことのように真実であるかのように伝えることで、一部のことだけを大きな事実として認識されては、この壁を壊すことが困難、または不可能になってしまう。その中には偽りの最低な認識も含まれている。完全に闇の世界に覚醒されたとしか言いようがない。医者に行けばすべてが解決、病状が治ると捉えられるケースも存在しているのだから、誤った報道だけでの認識は信じられるものではない。それらの発信は慎むべきだと見解できるだろう。多くの誤解や偏見が無限に拡散している世の中を目にすれば、何を思い、何を感じることか？　こんな社会のままでは、いつまで経っても理解するどころか、ハンディキャップをかかえた私たちに多様性が尊重されず、適応されないどころか、格差を生みだし偽りかつ不公平な多様性の社会になってしまう。何もかも失ってしまう社会的な制裁という負のものを、私たちに背負わせることは差別である。現在も、そんな行為が間接的に行われていると言っていいだろう。社会が私たちを苦しめる制裁という愚かな行為そのものを、幸福社会と言えるのか？　エゴイズムのもと、その結果、最悪な展開に繋がるケースが存在する。部外者のエゴイズムという問題は年々、増加する傾向だ。それでいて何ら理解や解決すらできていない現実の壁には苛立ちを隠すことができない。美しい自然界に放射能をばら撒く行為に等しい。そう、間違いだらけの世の中のエゴイズムが反映された実態だ。

発達障害全般・自閉症スペクトラムに対する身勝手な批判や差別、誹謗中傷は核兵器で攻撃をすることと同じである。同じ意味を持つ!!

特に発達障害全般の人間が犯罪を犯した場合においては、厄介な現実の問題になりかねないケースに発展してしまう危険性が存在する。一つの事件という事例から、発達障害・自閉症スペクトラム・統合失調症・アスペルガーの人間が加害者になる可能性が高いという誤解が生じる。これこそ報道の人間によって作り出されたエゴイズムなのだ。あたかも、それらの疾患の人間をすべて犯罪に結びつける報道が繰り返され、誤った差別的判断は周囲の視線を目にすれば一目でわかるものだ。各メディアは好き勝手に、最低な嘘を繰り返す。一瞬の間違った報道によって、それを鵜呑みにしてしまう傾向が社会的な現実問題の一つではないのだろうか。これは人権に関わる大きな問題であって、行きすぎた報道によるエゴイズムの危険性は許すことができない。同時に、間違った方向へと傾く終末時計の存在が見えてくる。何を理由に偽りを報道として伝えるのか？これは差別的な行為ともとれる。一瞬にして最悪のシナリオを拡散する報道の意味とは？　現実的な社会的問題に強い憤りしか感じられない。まるで冷たい眼差しで犯罪者のように見られたり、「定職もしていない人だから、何をしているのか、何を考えているのか理解不明、もしかして……」と、今にも問題を起こすのではないかと不審な目で見られることも多い現状ではないだろうか。いや、そんな現状であることだろう。ハッキリ言っておこう。そういったプレッシャーをあおる行為を繰り返せば繰り返すほど、心を痛めた本人は最終的に自暴自棄になってしまう危険性が高まってしまう。そして最悪の場合、爆発的な怒りのもとで法的な問題を起こす最悪な事例も残念ながら現実として起こりうる。いかなる場合も、いかなる理由があるにせよ、法律に反する行為は絶対に許されることではないが、それらを引き金にした周囲や世間の人間の責任は当然、軽いものではない。犯罪を起こす確率は一パーセントにも満たないことを知ってもらいたい。知ってもらわなければならない。エゴイズムは身勝手にも真実を脚色し、真実を破壊する。そのエネルギーは、とてつもなく感染力が高いと言える。何をどうして、そこまでにして私たちを苦しめる行為をするのか？　理解ができない。そんなにも偽りを伝えることが面白いのか？　身勝手にも、そこまでしても利益が欲しいのか？　そう推測もできる。この点についての間違いだらけの実態が多く存在していることを知ってもらいたい。

共通することがあるとすれば、誰一人、力になってくれる人も理解してくれる人間がいないことが、どんなに辛いことだろうか、その気持ちが理解できるのだろうか？　ただ、今にも崩れそうな孤独との闘い。生きた心地もしない。心の中では大雨の嵐という光景で、一人で耐えなくてはならない。何度も葛藤という心細さ、恐怖、先の見えない絶望感に負けたこともあったことだろう。助けを求めたとしても、頭をなぜてはもらえず、震えた体をくるむ毛布もなければ、孤独な心を抱きしめ、助けてくれる人も誰一人いない現実に悔やんだこともあっただろう。何も結果すら見えてこない。それがイバラの人生の始まりだった気がする。だから私は野良犬、一匹狼になるしかなく、その道を選択した。そしてその信念を貫く決心をした。それが唯一、自由を手に入れたいという手段だったのかもしれない。そんな中でも数え切れない葛藤と挫折を何度も繰り返した。何度も自分を悔やんだ。だが、どこかで無意識のうちに、心にある変化が訪れた。正直に、そんな経験を伝えなければならない気持ちであった。同じ境遇、またはそれらに近い境遇で葛藤している人たちに勇気を与えたい。見えない個性の中に隠れている才能を間接的ではあるが、それを引き出す理解を示していきたい。葛藤や挫折を繰り返すだけの人生では、どんな心の強い人間でも心は押しつぶされる。世の中においても、医者に対しても、周囲においても理解を示す救世主の存在は少ないものだ。辛い経験から得たことは、辛い葛藤や挫折、絶望を経験した人間だからこそ、発達障害・自閉症スペクトラム・アスペルガー症候群、またはそれらの精神疾患で辛い思いをされている人たちを少しでも救うことができれば、私の人生は報われる。同じ経験をした人間を救ってあげる義務がある。僅かながら希望に繋がればと。心からの理解を示し、その理解を世の中に広めていくことが、私にできることであって、私にしかできないことでもある。どんなに辛い環境であったとしても、私はこういうだろう。「前向きな思いがあれば大丈夫！　小さな目標がある限り大丈夫だ！　この辛さは、いつか人生の財産になる！」と、静かな気持ちになっていうだろう。人生は、どんなことがあろうが、どんな過ちを犯したとしても、人生はやり直しができる。ドラマ「相棒」で、杉下右京さんが言っていたセリフだ。その言葉に胸を打たれた。この世の全員が敵であったとしても、私は、裏切ったりは絶対にしない。どんな立場の人間に対しても味方になる。そう約束したい。だから、大丈夫だと、そう心に言い聞かせてほしい。将来を失ったとは絶対に思ってはならない。これ以上、一人でも犠牲者を増やしてはならない。苦しむことによって最悪の場合、自殺に繋がってしまうことをストップ（防止）しなくてはならない。そう、正しい心の注意喚起こそが、自殺防止に大きく繋がっていく最大の対応策ではないだろうか。

どんなに切なくても、どんなに辛くても、命を絶つことは絶対に考えてほしくない。どんな過ちがあったとしても、生きるしかない。生きて、どんなに小さくとも未来を作っていかなければ、人間は報われない。命を絶てば、やり直しすらできない。当然、死を選んでも楽にもならないだろう。だからこそ、生きるということを、人間はいくらでも、やり直しができるのだ。ただ、考えなければならないことも存在する。自殺を考えている人間に対して、救う立場の私たちは、その考えに対して、どう受け止め、寄り添ってあげればいいのか。そして何ができるか？　助けたい思いから、大事なことを見逃す危険なケースも存在している。いわゆる正義感だけでは、解決への道が遠のいてしまう。今後の大きな課題になっていくことだろう。それを誰が先頭になって進めていけばいいのか？　そんな現状を変えていかなければ。これ以上、犠牲者を出すことだけは回避しなければならない。

社会・世間の温かさ、寄り添いに反する行為こそ、本人の将来を崩壊させる大きな汚染要素があることを理解しながら責める行為、誹謗中傷、萎縮する言動、人権を反する行為など、絶対に口にしてはならない。それらは社会的な「いじめ」に該当する。報道や書籍に、それらの詳細が具体的に伝えられているのだろうか？　たとえ伝えられていたとしても上辺だけの事務的かつ一般論にすぎないことしか書かれていないだろう。なぜそうかは、本人が伝えていることではないからだ。それらの上辺だけの情報で、それがあたかも正しい真実であると思い込む錯覚こそ、最悪なエゴイズムの実態である。それは原子力問題の例に似ている気がしてならない。ある突発的な事故を起こし、取り返しのつかない事態の結果、何もかも失う将来。エゴイズムに感染した人間がエゴイズムという汚染をまき散らす行為に該当するのだから、ありとあらゆる場面においても最悪なエゴイズムというものが存在していることを理解しておかなければ、五〇年後も何一つ変わっていないことが言えるに違いない。最悪な場合、この世は完全に崩壊している可能性も高いだろう。まさに戦場という失われた結果、光景を映し出す未来の結末になるのでは？　人間の精神は完全にロボット化し、感情を失っているのだろう。終末時計の最悪な結果であることを意味する。

厳しい言い方をするが「継続は力なり」という言葉があるが、それは時として言葉のようにはいかない。何事にもくじけず、頑張り続けたとしても、それを信じていても単に同じことを継続して繰り返すだけの行動だけでは夢は叶わない。もちろん、すべてが報われることもないだろう。堂々巡りに近い迷路を迷う結果に遭遇する。「ピンチはチャンス」、「為せば成る、何事も」という言葉に酔いつぶれ、その言葉を口にして信じ続けても叶わぬ結果をもたらす。その言葉を信じて従い、現実のものになる可能性は一握りだ。可能性としては低いままだ。時に天の声は、正しいことを伝えない場合があることの意味を、これまでの経験の中で何度も味わってきた。「一生懸命だから、頑張っているから」という姿勢だけでは何も始まらない。むしろ、自らのエゴイズムによって挫折することが倍増する。人が認めてくれただけでは、目標や夢は完全には叶わない。むしろ挫折をすることの方が多いのだから、やはり勝ち組や負け組が存在しているということも間違っていることではなく納得できなくもない。しかし、心が落ちていれば、考えなくてもいい後ろ向きなことを考え思い続けてしまい、挙句の果てに思いもしない言葉を口に出してしまうものである。それは本当に辛いことだ。それを味わった人間にしかわからないことでもある。そして思わぬ選択によって将来の希望を失ってしまう道に進んでしまう現状の実態と、誰にもわからない本人にしかわからない真実が多く隠されている。

よく考えて冷静さを取り戻して考えれば、自らが悪い錯覚を作りだしていることがわかった。何事にも冷静さがあってこそ、大きな判断ができるのであり、これらの錯覚という複雑な迷路は自らにおいて心の中が見えなかっただけのことであって、心の中には大きな信念という夢や目標があるからこそ、一般的な行動だけの電話相談の回答では解決ができない現状であったのだった。ここで伝えたい重大なことは、錯覚という複雑な迷路は自らが作り出している一種のエゴと言ってもいいだろう。悪魔の囁きに近い。悪い方向での効率の悪い対処法では、それで解決することもできなければ、一時しのぎでしかなく、心という精神面の継続が難しくなるだろう。精神面、パニック的な発作、つまり心のSOSは、簡単に解決できる問題ではないということを多くの人間が理解しなければ、いつまで経っても、この社会は変わらないと言える。精神疾患の病状、発達障害全般における理解も難しい現実になってしまい、攻撃をされてしまうケースに繋がってしまう。昔も今も変わっていないのだから時代の矛盾としか言えないだろう。根本的な問題を解決していかなければ、ますます生きづらさが高まる最悪な社会になってしまうだろう。

この現状である場面においても厄介な悪魔というエゴイズムが多く存在し、それらによって終末時計が動いている最悪な現実問題と言えるだろう。私たちに対する差別的な行為と言動。身勝手にも世間・社会の物の見方によって「モノ」と「人間」の区別がついていないことが、大きな間違いの序章であった……　大きな間違いという過ちに犯されている。それは場合によって償う必要性もあるに違いない。そして私は自ら、アプレゲールの道を選ぶ結果に繋がってしまった。これは間違いではなかったと信じたいが、より一層の孤独感が隣り合わせとなり、すべて一匹狼として物事に立ち向かわなくてはならなくなってしまった。ようやく今気づいたことだが、アプレゲール（一匹狼）には、人間としての精神面という賞味期限があることを知った。簡単に例えれば国の代表者（大統領や首相）と同じように一生の間、代表者ではいられない。在任期間というものがある。それと同じ意味だと理解し、あらためて過去の自らの判断の過ちを痛恨した結果に結ばれた。それらも自らが作り出したエゴイズムであった……　人は一人では生きられないことを。

経験から学んだことがあるとするならば、発達障害・アスペルガー・自閉症スペクトラム・統合失調症、適応障害などをもつ本人は、心の奥底に見えない世界観という誠実な個性や才能が隠されている可能性が高いということが言える。本人が気づくことは、まれであり、心からの理解者から気づかされるケースから発展することが多い。これは本当に運が良いことであって、ごく一部の事例にすぎない。当然、現実というものは家族や当事者、医療・福祉関係者、生活支援者などの周囲には気づけないことが多い。現実問題、理解されにくいことが多くあるため、それらに気づかないまま薬を服用の治療、一般的な就労支援に取り組むだけのプログラムだけでは一〇〇パーセント正しい治療や社会復帰に繋がらない結果になるのではないだろうかと経験上、いや数年前から戸惑いや憤り、強い疑問を隠すことができなかった。中には間違った治療、決まり事のように間違った強制的なプログラムに従わせることも残念ながら存在するだろう。世間一般的に決められた方針のもとでのレールに従うだけのことを強引に押しつけて、果たして本当にそれだけでいいものなのか？　それらのプログラムを本人が強く望んでいる場合を除き、広い視野といった選択肢を与えなければ多様性とは言えない。当然、個性を引き出せる可能性も失われてしまう。単なる就労だけを目的としたプログラムは本当に本人の強い意志で求めていることなのか？　だか最悪なことに、その選択肢が、たった一つの場合も存在する、発達障害全般の現状の壁が存在するのである。

アインシュタインの言葉。「悪い行いをする者が世界を滅ぼすのではない。それを見ていながら何もしない者たちが滅ぼすのだ」これが完全に反映されたことを。

もう黙ってはいられなくなった。これ以上、心の中に偽りを重ねたくない。多様性すら適応できない、認めてはもらえない個性という掛け替えのない多様な選択肢と将来。長い期間、目をつぶっていた限定的な現状の対応には、むごさを感じて仕方がない。通常、将来を担おうとしている若い人間には将来における複数の選択肢というカードが存在しているが、私を含め、発達障害に関係する人間には一枚の選択肢のカードしか与えてくれない。（その選択肢しか与えてはもらえなかった。）それが最悪なジョーカーという選択肢であり、無条件に近い将来の選択肢であったのだった。その選択に従えば新しいことをすることもできなければ、決められた選択肢＝レールに従うことになってしまい、それで個性を引き出し明るい未来に繋がることは、残念ながら不可能のままになってしまう。医者も医療・福祉支援関係者に人権を無視されるケースも高いことが経験から目の当たりしてきただけに多様性、個性そのものが強引に否定され認めてはもらえない屈辱的な現状が存在していることを知ってもらいたい。一枚だけの選択肢・最悪のジョーカーしか与えられない現実。誤った診断と治療、向精神薬の服用により思考力や判断力を低下させ、自由を奪うこともケースバイケースによって実在するのだから、間違った治療や薬の服用によった恐ろしさは経験者だからこそ、こうして強く口に出すことができるのである。医者の間違った行為こそ、医者のエゴイズムである。簡単に自由を奪い、自由を失う。この章における最悪のシナリオという実態が生々しく実感できるだろう。すべて外来・医者に委ね、頼ることでは前には進めない。自分なりの対応策を自ら学ぶこと、小さくても何らかの目標をたてることから「個性」を育てていくことができるのではないだろうか。それさえ、しっかりできれば大きな将来の可能性が広がっていく。私も、ひたすらそれらを実践した。ある種の哲学的思考と言える。その結果、多くの経験という場面に遭遇した。その大半が葛藤や挫折であったが、その経験はけして無駄ではなかった。アスペルガーの私だからこその表現と世界、それらを目にしたり、遭遇する一つ一つの場面と瞬間は、人生における「映画」というシーンかもしれない。当然、感じることは無限であって、人口の数以上に存在するのだから、それらをすべて記録することから、過去の清算、つまり新たなスタート地点に立てることができるのだと、そう思い行動することからすべてが始まる。間違った固定観念を捨てることも勇気が必要であるが、そう簡単に人間というものは考えを瞬間的に変化するのは容易なことではない。

すべてにおける真実を追い求めることは理想にすぎない上、きれい事のように誤解をされてしまう場面もあると思うが、やはり正しいことを発信しなければ、私の心が報われない。同じく苦しんでいる人の心が救われることも困難になってしまう。報道やメディア、書籍だけでの情報、つまりそれらの伝え方だけでは、すべての真実とは言えない。それを無理にでも真実だと押しつけているのであれば、この場面においてもエゴイズムが染みついていることだろう。一種の偏った情報であって、時には真実とは言い難い情報が現状においても拡散している。すべてを否定するわけではないが、当事者である本人としては違和感だ。そして部外者が誤った情報を事実だと錯覚するケースが、かえって発達障害などに対する差別や否定的行為が増えている一つの大きな原因なのではないかと推測できる。医者や教授でも、時には真実とはかけ離れた間違ったことをいうこともあるだろう。報道・メディアも同じ意味を持つ。関係者という目線から述べた書籍も完全な真実と言えるだろうか。上辺だけの知識や情報は、もう必要ない。それを真実とは言えないからだ。時代は大きく変わろうとしている。精神的な疾患、つまり発達障害全般を含め、個性や才能を開花させる環境づくり、何よりも多様性を適用することから、すべての物事がスタートするのだと確信している。何より発達障害、自閉症スペクトラム、アスペルガーの個性を持った人間は十人十色の性格を持つ。子供は国の宝という言葉の意味があるのだから、「個性は未来への輝く才能を開花する」という希望に満ちた理解ある社会を実現してもらいたいものだ。アスペルガーの個性を持った私が、私の目線での真実を伝えていきたい。現状だけでは伝えられていない、アスペルガーの真実を経験の中から学んだことを伝えていきたい。そして一パーセントの可能性を信じることから、すべてが始まるのである。今できることを……いつか花は咲く。

周囲との誤解が生じ、本人が何を言っても聞く耳を持ってはくれない。それどころか反論をすれば「甘えだ！」と非難される。怠けではないのか！　何度も味わってきた屈辱的な場面だった。「だから病気なんだ！　障害なんだ！」と一方的にしか言わない、そんな社会にピリオドを打たなければならない。これからの未来がますます、生きづらさが増していく気がしてならない。どこかで正しい真実を伝えていかなければ、正しいことが広まることが不可能になってしまう。未来という希望も見えてこない可能性も。兆しが見えてくることは低いままだろう。多様性の時代になっても、私たちに多様性を求めることはできないのか？　多様な選択をすることが一つの甘えとしてイメージされる最悪・最低のエゴイズム。社会のどこから、そんな固定観念が生まれて定着したのだろうか。誤解は社会による最低な「いじめ」だ。いや、それ以上に、人権を侵害することになるだろう。

発達障害、アスペルガー、自閉症スペクトラム……　私たちハンディキャップをかかえる人間は、数ある将来の選択肢を与えてはもらえなかった。与えてもらえない社会の実態。決められたレールの存在。その決められたレールの選択肢は間違いだらけの最悪のジョーカーであった。それが私たちに、強制的に与えられる、たった一つだけの間違った選択肢。もはや多様性すら認めてはくれなかった。認めてもらえない個性と才能。多様性も将来の選択肢も与えてはくれない現実。私は先の見えないトンネルの中を歩くと同時に、終末時計が動いている中、懸命に自分を失わず夢に向かって、ひたすら歩き続けた。医者、周囲の言いなりにならないことが、すべてにおける近道であるからと信じていたからだ。

これから伝える内容は、発達障害全般の本人が一般的な就労、定職が困難な場合におけるケースでの現実問題を述べたい。多様性が無視されている現代の最悪な光景を。一つの重大な間違いだらけの問題点を指摘、告白しなければならない。（あくまでも間違いの点を伝えたい）それらを伝えなければ、いつまで経っても、残念ながら私たちの未来は、暗い闇のままになりかねない。希望も持てないことだろう。本来の将来という選択肢を与えてほしいと。アインシュタインの言葉のように、私自身にも責任がある。

信じがたい「現状」という真実がある。もっとも重要的なことである。これは大きな現実的な大問題であるが、私たち発達障害全般の人間に対して一つの選択というカードが配られる。先に述べた最悪のジョーカーというカードが無条件に突き付けられる。「あなたたちには、この選択しかありません！」と、強引に突き付けられる冷たい言葉による強制的な選択肢。ここで重要な最低な現状を伝えておきたい。簡単に例えれば、円い形のカタに、四角い形のカタは当然入らない。しかし、四角い形を無理にでも削れば、円い形のカタに入らないことはない。角を削ればそれなりに形が崩れ、小さくなるため、要するに削ればどんな尖った形のカタも、円い形のカタに入ってしまう。人間の身を削る行為に等しい。掛け替えのない個性を否定する理念、行為だ。無理やりにでも削ってまでも絶対にその形になって入らなければならないのか？　それが社会のあり方なのか。それが就労プログラムの大きな問題点の一つだと思っている。あなたにはそれしかないと言われ、それらの選択条件に強制的な行為を押しつける医療・福祉・支援センターの関係者がもたらす身勝手なエゴイズムだ。強制的に将来の選択肢が部外者によるエゴイズムによって決められてしまうことにより、個性や才能を否定されたことになってしまい、それらを多様に引き出すことが永遠に封印される結果になりかねない。果たして、それらの決められたリズムかつレールである選択肢は本当に本人が望んでいることなのだろうか？　すべてにおいて環境に恵まれた人間にしか幅広い選択肢が与えられない、そんなことがあっていいものなのか。その判断が委ねられないまま、急速に発展する決められた選択肢は、本当に正しい将来における選択肢なのだろうか？　人権が無視され、自由を奪う卑怯な行為だと私は当初から思い続けていた。あれだけの素晴らしい個性や、誰にも真似できない特殊な才能があるのにもかかわらず……　それが適応すら認められない世の中では、これからの未来を担う人材が失われていく一方だ。そう選択の判断を委ね、見て見ぬふりをする医者は、もはや神様ではない。最終的な判断によって大きな錯覚と間違いを犯す過ちの現状という光景。残念なことに、本人の精神面がアンバランスによって低下し、最悪なことに薬の服用によって思考力低下のケースも存在し、正しい判断ができず誤った方向に進んでしまう場合が多いことが大半だ。それらを（関係者が）卑劣にも好都合として、本人の心を萎縮させてしまえば、人間誰もが間違っている選択が正しいと思い込んでしまう相手の誘導尋問的なプロセスに従う傾向が高まる可能性を知っておかなければならない。その必要性を常に思っておくことが、騙されない近道になるはずだ。無理に身を削ってまでも、強制的に現実的な、それも一つしかない最悪の選択肢に従う必要性があるのか？　どうして個性を認めようとせず、夢をあきらめさせようとするのか？　たとえ小さな夢という目標があるのにもかかわらず、夢に向かって協力をしてあげないのか？　芸術的な才能や能力があっても、それをあきらめさせる。多様性を無視し、挙句の果てに人権を無視する行為に悲しくなるばかりだ。それらを開花できるのは、恵まれた環境があるからなのか？　地位と名誉があるからなのか？　それは大きな間違いとしか思えない。ハッキリ言っておこう。

かつて、私の仲間であった発達障害の友人は、その選択に従った。その後、仲間を見かけた時、思わず驚いてしまった。どう見ても以前と比べられないくらい精神面の体調がすぐれないと察知したからだった。素晴らしい個性や才能があったにもかかわらず、最悪の選択肢に従ったために……　これで本当に正しい医療、正しいプログラムと言えることなのだろうか。このように事実である現状を知れば、ためらう気持ちになるだろうか。何事も現状を把握することで、危険予測が正確に身に付くに違いない。発達障害の人間には、数ある選択肢を与えない行為こそ、現実問題として片づけられては報われない。人権が関わるからだ。その卑劣な現状、行政を含めた政治家が、しっかりと理解する必要性があり、大きく改善をしてもらわなければ、この医療や支援プログラムの暴走が高まるばかりになってしまう。危険なエゴイズムが無限に増殖している。医療現場を含めた現場の人間だけでは解決が困難になってしまうばかりか、このまま何も変わらないと三〇年前と何も変わっていないということが現実化する可能性も存在している。「最悪なジョーカー」というエゴイズムは、医療現場、医師の理解・認識不足によってもたらす可能性が高いことが言える。終末時計は、時として、私たち人間の心にまで感染することを、しっかり理解してもらいたい。最悪のジョーカーによる選択肢に従えば、将来における終末時計が加速する最悪のシナリオの実態を。個性や才能を引き出す手助けこそ、これからの新しい医療としての本来の治療、つまり手助けへと繋がってくれることを願いたいものだ。発達障害、精神疾患イコール、将来を失ってしまったとは絶対に思わないでほしい。大丈夫だ。この革新的な自伝を目にすれば、一瞬でワクチンのように心の免疫ができる。よく考えてみれば、就労支援は一つの日常生活が一般的に過ごすことのできるトレーニングとしてプログラムが普及されたのではないかと思っている。障害に伴うことで昼夜との逆転、就職を希望する上において、ノウハウを身に付けることのできるトレーニングとして始められたことなのだと思う。当然、コミュニケーションを高める目的のプログラムもあるだろう。正しく取り組むことができてこそ、正しい治療として成立する。同時に就労に向け、それらを目指す手助けになる。だが、間違った判断によって、それらが身勝手にも暴走をすれば、人間というものは都合のいい解釈から、すべて自分の意見や判断が正しいと思い込むエゴイズムに汚染され、他人の意見を無視し、力になる行為が消滅される。それが大きく反映されていることが理解できるだろう。本人の希望する就労に向けたプログラム、取り組みであってほしい。必ずしも、本人の求めることに近い将来の選択肢を選ばなければ、何のためにこの世に生まれてきたことなのだろうか。何よりも重要なことは、本人のことを家族が思いやることが大切であることだ。特に、これらの問題については、ある程度の理解が必要であり、最悪な場合、医者との対立をする覚悟で闘っていく場合もあるのだから、この社会や医療においても理不尽な矛盾が存在するのだ。私たちは奴隷ではない。何一つ過ちだって犯してもいない。それなのに現実は、私たちに何ら多様性を求めることができない社会の実態には完全に言葉を失う。発達障害・自閉症スペクトラム・アスペルガーの現実という大きな問題の壁。この瞬間にも、精神面をこなごなに傷つける行為がされている。

無理矢理に将来を決めつけられ、人権や個性を無視されることに対して私たちは、それらに従う必要があるのか。あえて掛け替えのない自らの個性を捨てるべきなのだろうか？　それを運が悪いふうに思えばいいのか？　仕方がないとあきらめるべきなのか？　反論せず、ただ従えばいい。長い物には巻かれろ……　そんな古いしきたりには絶対に従ってはならない。それで片づけられては人生や将来が崩壊する。泣き寝入りすることだけは、そんなことに騙されてはいけない。惑わされてもいけない。心が傷つくばかりだ。これも社会的な生きづらさを象徴するエゴイズムの反映であり、社会が身勝手にもたらす制裁であって、終末時計の最悪な状況と実態と言える。社会的な人間が、私たちの心に放射能・ウイルスをばら撒く行為だ。失われつつある理性や感性という掛け替えのない存在に対する武力的行為。同時に、家族までもが本人の意思や思考を無視し、一方的に本人を責める行為が多く存在することに、私は腹が立ってならない。私が経験したことであり、これだけの屈辱的なことであったため、深い心の傷になったからだ。まだ傷は癒えていない。大きな火傷のような跡が残っている。傷はいずれ癒えるが、その傷の跡は一生残るものだ。心が痛むばかりだ。社会的地位のある人間の方針に従う傾向も高まることもある。もちろん個性や才能などを認めない最悪の結果になってしまう危険性が生じてしまう。医師の指示に従えば、服用しなくてもいい薬が大量に処方される最悪のシナリオが多く隠されている実態も社会問題、何より医療問題に繋がる危険も高まるのではないだろうか。ここで言えることは、医療機関・医師のイエスマンには絶対になってはいけない。大きく自らの経験から学んだことであるのだから。そう、現状の精神治療の一部には、カモフラージュされる実態も隠されている気がしてならない。残念なことに、まだ真実になっていないことが、残念でならない。真実を何も発信しなければ、いずれにしろ危険な問題が増えていく。まだ氷山の一角であるのだから、当然なことかもしれない。それでいて将来を失い、自由を失う不幸という地獄の結果になりかねない。私は、その経験があったおかげで医療機関から脱出をした。これ以上、自由と将来を奪われないために。ここで提言しておきたい。勇気をだして、踏みとどまることは人生においても、将来においても、もっとも大事な決断に繋がる場合がある。

ある時期、私は病院のデイケアで、月一でSST（ソーシャル・スキル・トレーニング）を受けた経験があるが、現在において精神科プログラムのあり方として若干の否定的な部分が存在すると思っている。確かに、SSTは大切だ。常識や生活・職場において人間関係の交流時、咄嗟の判断、一般的な社会的常識を身に付けることのできる大変に役立つトレーニングであると思っている。何より同じ境遇の仲間と一緒になって学び、疑問点などを話し合うことができることも、このトレーニングの重要性だと思う。その反面、あまりSSTに深くとらわれ過ぎれば大きな偏りが身に付くこともある。当時はそれで良かったかもしれないが、多様性が求められる現代においては若干の古さが感じられる。要するに多様性が薄れてしまう可能性が生じる。医者や、生活支援センターに関係する人間には好都合のトレーニングであるが、深く関わらず、浅く学ぶことが良いバランスである。関係者に流されれば将来の自由、将来の選択肢が奪われる結果になってしまう。個性を諦めさせる結果をもたらす。私は、その場である。トラブルが生じ（仲間同士の）、頭を悩まされ続けた。結局、私がその場から去ることをを選んだ。後味が残る。ある、しこりが深く残ったものだった。エゴイズムによって、常識ある人間が泣き寝入りをする結果に、やはり言葉を失いかけ、心に傷を負ってしまう結果に…… トレーニングだけの改善は、時としてエゴイズムを招く引き金になり、それで精神面の全快もなければ、将来の希望を失う結果に。まるでパラドックスの世界であるだろう。矛盾な部屋に、まだ可能性を信じて待ち続ける光景と場面が、「現状」と「真実」なのである。狭い世界に閉じ込められる未来ある個性の持ち主。今すぐにも、救いたい。救わなければ、また一刻の、終末時計が動くだろう。そんな真実を知ってほしい。狭い中の場面、それらのプログラムの偏りこそ、ある意味での問題を招く。現状と、今後の課題のバランスを保つ想定をするからこそ成り立つのだが、教科書に書いてある、載っているだけの指導法だけでは完全なプログラムではなくなってしまうため、将来における個性や才能を伸ばすことが困難になってしまう。早い話だが、夢で終わってしまう可能性もある。間違った場合、指導者の押しつけが存在するケースもあるだろう。それでは、単なる無条件な就労に結びつけられてしまう間違った選択を押しつける場合もあるだろう。

「長い物には巻かれろ」という要因や風習、習慣、しきたりがある日本の社会。これは日本人の短所である。人の顔色を窺い、間違いであっても、それらに従わなければ、制裁を受けてしまう。間違いだとしても多数の意見に自然と従う傾向もある。世間体を気にする傾向もある。こんなことを誰が決めたのだろうか。いったい、私たちは誰に従っているのだろうか？　独自の判断で精神科の外来を中断してから七年が経過した。（二〇一七年六月、独断で外来をやめた）当然、それ以来、一度も外来には受診していない。医者に対して不信感を抱いたからである。精神科を受診する方への、アドバイスを含めて。

一〇〇パーセント、医者を信じてはならないことであり、必ずしも医者のイエスマンになる必要はない。それだけは理解しておかなければならない重要なキーワードになるだろう。二〇〇五年初期の外来から、私は地獄を味わった。薬の服用によって一瞬で悪夢の世界になった。睡眠薬によって人間としての自由を奪われた。運良く入院をまぬがれたが、生き地獄だった。誤診から、なぜこんなにも苦しまなければならないのか。そんな間違った治療で、苦しんでいる人を救いたい。正しい治療のもとで、少しでも心を楽にさせてあげたい。これ以上、私のように間違った治療や薬の服用で苦しむ人が一人でも減少してくれる、そんなことを無くす医療にしなければ、個性を持った私たちの未来が崩壊する。

医師による間違った治療や薬の服用について。誤診に繋がりかねないエゴイズムの現状の実態。または現状とその課題といった言葉が相応しいと言った現実問題を伝えていきたい。もちろん精神疾患の疑いがある場合は必ず精神科・心療内科を受診する。ただ発達障害全般における受診の場合には、ある程度の注意や知識を意識した方がいい。万一の危険予測ができるそのおかげで将来が大きく救われることがあるからだ。単に医者を信じて受診するだけでは多くの危険が存在することを、あらかじめ理解しておく必要もある。理解しておいたほうが安全に繋がる。ケースバイケースではあるが、私の経験上、服用しなくていい薬までを服用してしまったことから地獄の生活を迎えることになってしまった。そんな経験があったからこそ、正しい受診・外来における認識をしっかり伝える義務がある。要するに、二次被害という誤診が現実にはあるからだ。発達障害・アスペルガーと診断せず、単なる一般的な精神疾患として間違った治療が進めば、これまでの日常を失う結果に遭遇する。服用しなくてもいい薬まで服用し、度重なる最悪な副作用が現れ、自分を失うことも。最悪の場合、自由や将来を失ってしまう可能性まで生じるのだから、現状では伝えきれていない未知なる現状の「真実」や「真相」を発信すべきだと判断し、こうして発信をした。これは注意喚起である。最悪のシナリオが存在する。入院が必要ない状態でも、医者の身勝手な判断によって強制入院をさせるケースも存在している。いうまでもなく冤罪と一緒である。大きな疑いをかけられ、潔白も証明すらできない。患者の意見など耳にせず、人間ではない奴が言っていることだと、軽蔑・差別する。退院する頃には、人間としてのすべてが失われている。入院時の治療によって……　これは最悪のシナリオだと思うべきだ。必要のない強制入院による行為は一種の犯罪行為に等しいだろう。医療現場の恐ろしさが窺える。ハッキリ言っておこう。薬の服用だけでは、病を完治することはできない。完全に治ることもない。しかし、医者の身勝手な行為によって最悪の結果をもたらされる。これだけは知っておいてほしい。

風邪薬とは違い、向精神薬は数週間の服用で、簡単に服用をやめられなくなってしまう。特に抗うつ薬には慎重な判断と知識が必要である。向精神薬は、かなり依存性が高いと言われている。かつての主治医が言ったことだが、お酒やタバコよりも依存性が高く、やめることが難しい。双極性障害においては、うつ病と誤った診断が多い。それは、うつの時に受診した結果、うつ病と診断をされるのだ。それでは精神面において正しい治療ができなくなってしまう可能性もある。だが医師も変わっている。「そうであると判断」する。勝手にだ！　やはり主治医というものは、オアシスに辿り着くのと同じ意味を持つ。特に精神科においては、信頼がなければ外来治療は成立しない。単に薬だけを処方し、薬をもらうだけの外来には終止符を打つべきだと思っている。薬の服用は本当に怖いことであり、精神科を受診して容態が悪化してしまうことも少なくはない。何のための医者なのか？　その中で何度か経験した医者によるドクターハラスメント。瞬間湯沸かし器のように医者が興奮しながら話す光景は、今になっても忘れられない。現状においても、ドクターハラスメントの実態もあることだろう。患者を萎縮させ、独裁者のように命令をして従わせる行為そのものだ。まさしく医療現場のエゴイズムだ。私の実体験は確か二〇〇六年六月だったと思うが、確実なドクターハラスメントだった。私の現状を侮辱し、否定し、非難した。現状に対することだった。定職についていないことを言いたかったのか不明だったが、「三食昼寝つきの生活」と目の前で言われた。否定することもできなかった。それだけ、その当時の私の精神面が不調であったからだ。当然、精神科の医者が口にすることではない。生活に関係することを否定することは理解できるが、人権に対することは医者が否定や非難をしていいものか。八月に医者は私に対して深く謝罪をしたが、心の傷は消えないものだ。今も傷の痕は残っている。言葉の暴力的な凶器という恐ろしさとエゴイズムだ。その後も繰り返されるドクターハラスメントに悩まされ、機嫌の乱れが激しい主治医の外来にバカらしさを感じることもあり、衝突することも多く見られた。特に薬の種類を変更する際には、意見の食い違いも見られ、指示に従った結果、一時的に幻覚症状が見られたことも。今後のことでの真剣な相談をした際に、ろくに話しも聞かず、当然ながら理解を示すこともなく、「この薬を飲んで大人しくしなさい！　もっと大人になりなさい」と叱り、どんな薬かも不明な薬が処方された。薬剤師も不安そうだった表情が忘れられない。二〇一七年六月、この出来事から、私は独断で外来を中断する決断に至った。当然、現在において通院はしていない。正しい選択だった。外来受診から学んだ経験から、現状の外来受診において、これは氷山の一角であることが確実に言える現状を現す。「長い物には巻かれろ」を信じ、何もなかったかのように泣き寝入りをするしかない……　そんなことを無くさなければいけない。医者は神様だろうか?

ろくに話しも聞かず、すぐに知らない薬を処方される現実の精神科のシナリオ。「この薬を飲んでください」と口にし、副作用のことや、薬によって依存性があることなどは口にせず、それが正しい、それしか選択肢がないというかのように。医者による身勝手な行為と言える。「本当に薬が必要なのか？」これは私の経験であるが、そう疑うことも、これからの医療受診には必要なことに繋がっていくと思っている。薬を服用したために、日常生活が大きく変化すること、できることができなくなってしまうこと、最悪「誤診」されてしまうケースも少なくはない。私たちは医師を選ぶ権利がある。もちろん薬の服用を拒否することもできる。医師の言いなりにはならないことが前提であって、自らの意思を強く持つべきだ。もちろん周囲である家族に強く言いたいことでもある。薬の服用が必要な場合を除き、医者の勝手な判断によって必要のない服用しなくてもいい薬を服用することがあってはならない。一瞬で自由や将来を奪う医師の行為は、もはや医師としての過ちとしか思えない。間違った（間違いだらけの）一回の受診で、複数の向精神薬が処方され、それに従い服用する結果、本人が求めている結果にはならず、過酷な地獄の日常が訪れる。最悪の結果、以前の生活が一瞬のうちに「過去の夢」になってしまう。医者のエゴイズムによって……　患者の疑問においての質問、反論に激怒する医師の身勝手な行為。それで理解を示し、少しでも病状を楽にしてくれるのであれば我慢もできるが、こんな外来では精神面の悪化をもたらす。患者の思考力の低下により、医者の独裁が強まる傾向だろう。重要なことは、医者の考えと自らの考えの分立が正しい診察の結果に繋がる。例えれば三権分立のように。治療は治療として、自らの人生における将来のことは自分自身の考えで決断することが、これからの医療において重要かつ本来の精神的治療の発展に繋がると確信している。薬の処方だけでは完全に病は治らない。むしろ、精神面の悪化に繋がる展開、それらの結末になる可能性が高い。社会復帰、自らの将来が崩れてしまう。大切なことは、すべてにおいて医者の指示には従わないことだ。従う部分と従わない部分をハッキリし、バランスのとれた外来受診を行なうことがベストだろう。信用できない医者には受診しないことだ。過去の外来経験から疑問があるとすれば、薬のみの外来について何のための外来だったのか矛盾点が多いことが言える。私の場合、四人の主治医と関わった結果、やはり薬をやめられたことが一番の幸運だった。その当時、その時期の主治医の先生が神様に思える。

正しい診断のもとで、正しく薬を服用する。それには患者側の知識が必要であるということを意味する。単に「医者に行った方がいいよ」という言葉を無暗には言ってはならない時代になったのだろうか? 一〇〇パーセント、将来のことを医師に相談したところで、何の解決にもならない。大半は力にはなってもらえず、質問をするだけで心の傷が増えてしまう結果をもたらす。精神面について余計なことを伝えれば、新たな薬を処方されてしまう。それで解決することは、残念ながら無理だということをわかってもらいたい。そう、完全な無意味は現実に存在する。それが医者のエゴイズムと言える。(間違っている医者に対して)単なるプライドのかたまりなのか、単なる認識不足なのかは不明だ。私たち患者側にも自由や将来を主張できる権利が存在する。医者のエゴイズムによる暴走で将来という自由を失いたくない。私たちにだって医者に対する拒否権だって存在する。医者を選ぶ権利もある。これから先、正しい精神面における外来や治療、入院プログラムの改善を期待するしかない。何より治療の要となる外来治療・臨床面に求められることは多いと言える。正しい診断、誤診を減らすことも求められることだろう。そう、求められる課題は山積である。医療現場のエゴイズムにより、精神病棟での虐待が起こる。これは最悪な問題だ。医者の言いなりになる必要もなければ、私たちが望む治療を受けることのできる医療の復活を願うばかりだ。特に発達障害全般に関わることについては、本人の個性や才能を引き延ばしてくれ、または引き出すことができる支援全般の取り組みを期待したい。大きく世の中が変わることだろう。医者に将来のことを求めてはならない。将来におけるアドバイスも求めてはならない。医者に言えば何でも解決ができるなんてあり得ない。大事なのは、自分が何を求めるのかの方が大切であって、医者は医者として、将来や人生のことは己が悩みながら考えた方が、いずれにしろ誤解されることは少ない。一つの安全地帯の中で段階的に取り組んだ方が良い結果に繋がる可能性は高いと言える。自らが革新的な考えのもとで、ある意味において自分で精神面のケアをすることの方が有効な時間になる場合も多い。もちろん医者と自身のバランスのもとで、医者に頼りすぎないことが、これからの新たな精神治療のプロセスに繋がる気もする。医者は神様ではない。確実に、現実的に重要なことを伝えたいが、医者に対して頼ることは限界が生じることがある。もちろん病状に関係する治療法や対応策については素直に伝えることが大事となる。今後におけることについてもそうである。ただ、医者に将来のことや人生のことを求めたとしても、それは専門外のことであるため、運が良くて医者自身の経験論を耳にすることしかできない。それが外来の限界と言えることだ。体調面、精神面において安定をして、決められた治療を行った上で、自らが人生に向かって歩んでいくしかない。これは当然なことだと言っておきたい。一つの基本的なことであるが、この段階において正しく理解をすることがもっとも必要であって、医者・外来とのバランスを図って自分自身を立て直すことが、何よりも重要なことになっていくだろう。もしも、医者が人生における救世主となってくれることが現実にあるとしたら、それは一握りの掛け替えのないオアシスである。かつての憧れ、尊敬していた私の主治医がそうであった。

かつて尊敬していた主治医のもとで、一年半の期間の中で抗うつ薬「パキシル」を徐々に減らし、完全にやめることができた。主治医のおかげであり、この主治医との出会いからすべてが変化した。つまり、砂漠の中において一つのオアシスを見つけた瞬間になったことであるだろう。主治医は一般的な医者ではなかった。革新的な医師であって、何事にも正直にハッキリと指導をしてくれた。もしも一般的かつ保守的な主治医であったならば、私の未来と現状は大きく変わっていたことだろう。最悪な結末に辿り着く結果になっていたのではないだろうか。それは確かに言えることだ。薬をやめられることができ、本当の意味でのスタート地点に立った時期に、主治医は他の病院に転勤になった。主治医が最後に言ってくれた言葉を伝えたい。「医者ほど信じちゃいけない！　医者に従ってはダメ！　医者ほど信用できないからね！」と、医者がいうセリフとは信じられないと思うが、主治医の言葉には重みがある。それが真実ということを伝えたかったのだろう。精神医療の見直しが必要な時代に差し掛かった。患者の望む治療、慎重な薬の処方、個性や才能を引き出す治療や、精神科プログラムの普及を願うしか他ない。そして何より重要になることは、私たち患者、または経験者が世の中に「真実」を発信することで、少なからず社会は動きを示していくだろう。並大抵のことでは進まない。それは当然、わかっている。

ここ一〇年の間に、発達障害を関係とする書籍などが多く出版されている。それらが定着され広まりを示しつつも、まだ完全に理解がされない現状においては道半ばを歩いているのではないだろうか。ゴールが見えない。いや、ゴールは見えないと言った方がいい。何より書籍やメディアの発達障害についての説明や伝え方においては、何を真実として伝えているのか？　単なる一般論にすぎない。それが真実であって、それが典型的な常識だと主張していることに対して私は必ずとも、そうは思えない。すべてを否定するわけではないが、アスペルガーの個性を持った本人として多くの違和感を感じてしまう場面も存在することも本音と言えば本音であると言っておきたい。真実に演出や脚色は必要ない。すぐにハッピーエンドになる展開など現実にはあり得ない。

同じような展開や場面には絶対にならないと言っておいた方がいい。もしも、それが正しい真実としているのならば、葛藤や挫折、絶望的な思いをする人間は少ないはずだ。生きづらい時代にもなっていないだろう。理解者や協力者が実在しない人間の場合においては、これとは正反対の結末に遭遇する。それが私の実体験から言えることだ。何ができるのか？　深い迷路に入りながらも、やはりここでも対応策を簡単に見つけることができない。多様性を求める時代になったといえ、悲しくも現実は、私を味方にはしてくれない……

喜びと悲しみは隣り合わせ。今、こうして言えることは、発達障害や自閉症スペクトラム、アスペルガー症候群は病気でもなければ、けして障害ではないことを言っておきたい！　生まれ持った多様な「個性」の持ち主であるのだ。だが部外者である多くの人間は、それを病気や障害だと強引に決め続ける傾向がある。病気・障害と決めつけ、好き勝手な心無い言動を繰り返す。最悪の場合、家族や信じていた身近な周囲までもが病気であると決めつけ、裏でコソコソとしながら色眼鏡で見続け勝手な誤解を招く結果になることも多い。そんな現状が存在していることを、ここで正直に言っておかなければならない。本人を目の前にして哀れだと思うこと、可哀想だと思うことだけは今すぐ捨ててほしい。そんな考えでは誰一人救えることも、支え合うこともできなくなってしまうからだ。ただ、心の中で「大変だったね、辛いよね」という気持ちだけを思ってくれればいい。寄り添うべきだ。それだけで、すべてが救われる。何度も流した、燃えるような涙。そんな過去には絶対に戻りたくない。そして思い出したくもないくらいだ。だが過去の記憶は消えない。日々、フラッシュバックとの闘いで、私たちの心に新たなトラウマ（古傷）が増えていく。

不安や恐怖を隠すことができないことは一番の辛さと切なさだ。精神面における不調というアンバランス。何よりも辛かったことは、先の見えないトンネルの中での葛藤という毎日の繰り返し。当時を思えば何もできなかったことが辛く、やりきれなかった。抗うつ薬を服用し、眠気との闘い。睡眠薬を服用していたこともあり思考力も低下していた。さまざまな出来事や経験は、時々フラッシュバックで甦る。思い出したくない恐怖の光景だ。多くのことで周囲と他人から誤解をされ、それを解消（誤解をさせること）は、物凄く困難であった。まさに生き地獄だったことを忘れることができない。情けない姿であった……　これも経験者だから伝えることのできる真実だろう。きっと同じ思いや経験をした人も多いはずだ。

発達障害・自閉症スペクトラムは、生まれ持った個性というべきだと思う。十人十色の個性を持つ性格や世界観であるがために、例え周囲に理解を示す、または理解を求める「取扱説明書」や、一種のガイドライン的なマニュアルがあったとしても、それは意味がないものになってしまう。無限の個性と世界観を持つからだと断言しよう。だからこそ、完全な取扱説明書にまとめることが困難なのだ。一人一人、さまざまな不安や恐怖を抱え、できることもあれば、できないことも存在する。それぞれの環境や事情によって大きく異なることも現状だ。学習能力が高いことや、時として低い場合もある。要するに一人一人の得意分野で大きく世界が変わると言っても過言ではない。無限という世界観であるのだから、完璧な対応策を見つけるには多くの時間がかかってしまい、かえってパンドラの箱を開く結果にもなりかねない。そう、医者であっても未知なる世界を理解できない場合も残念ながら存在する。これも大きな現実の壁であり、真実と言えるべき課題なのである。経験から目の当たりして学んだ人間にしか解らない真実なのだ。上辺だけの経験では、心の叫び声など聞こえない。当然、心から理解を示さなければ人を救えることも、自らを救うこともできない。周囲の理解がない場合において最悪の場合、自分自身で自らの精神面を治療しなければならない場合もある。もう何十年これらのことを継続していることだろう。(私自身が)この場面においても「継続は力なり」という言葉の意味が矛盾している。

脚色と誤解だらけの場面は、身勝手そのものだ。発達障害・自閉症スペクトラム・アスペルガーというだけで、人権を無視される現状。定職経験がない場合においては、その倍以上の誹謗中傷を耳にしながら攻撃を受ける場合もある。許せない光景だ。人の心に土足で踏み込むような行為、または発言は、それを言われた人間にとって最も不快な悪夢と遭遇する展開をもたらす。それを大いに理解しなければならない必要があると、これだけは強く言っておかなければならない。もちろん、誹謗や中傷をする人間に対して、私たちは迷惑をかけていることだろうか？　にもかかわらず、言葉の暴力といった行為によって、心は萎縮し、再び絶望と挫折を繰り返す。残酷な行為であることを自覚するべきだ。言葉一つで人生が大きく変わってしまう最悪な結末があるということを知ってもらわなければ、怒りという気持ちがおさまらない。そんな間違っていることばかりが続いている現状に対して、ここで何かしらの正しい対応策をしない限り、より一層、生きづらい社会が倍増する最悪な結果になってしまう。多様性が認められない現状についても多くの差別的な制裁にしか思えない。この社会は間違っている。偽りの迷路の中で「過ち」だけを繰り返している。狭いコップの中のように。

発達障害についての情報　～現状と今後の課題～

ネットページにて「発達障害の現状」を伝える内容を目にする機会があった。まだまだ現実的な課題と問題という大きな壁が存在していることへの戸惑いを隠すことができず、同じようなことだけが繰り返されていることに対して、やりきれない思いが残った。何ら改善策も見えてこないというのが現実問題だ。ここ一〇年の間に大きく「発達障害」が社会に対して頻繁に発信されていることは理解を示すメリットではあるものの、完全に現実という壁が消えるわけではない。単なる現状や情報に近い内容、一般論だけでは大きく深く理解を示す前向きな方向に進ませるのは難しいだろう。「偏見や誤解」に関しての現実的な問題に対して、むしろ大きな闘いのスタート地点に立っているだけの現状と言える。それは数ある課題としてのままであって、解決されたことにはならない。単なる発信だけでは何も進まない。そんな現実問題が残る中、私自身の思いと見解を伝えたい。ただ一つだけ叶えたいことは、「発達障害」の本人、または当事者、関係者が希望を持てる世の中、社会、時代になってほしいことだ。偏見や差別、何よりも誤解が無くなってくれることを、前提とする対応策が必要になる。最悪の場合、本人の理解すら示してはもらえず人権を無視する一方的な行為も実在するだけに、正しい対応策が求められる。第一歩としては無くすことよりも、減らしていくことに力を尽くすしかないだろう。それには社会に対して多くの理解者が必要であって、それを求めていくことを前提として進ませていく必要がある。一つの革命的な行動を示すことから、積み重ねていき、よりよい環境づくりを実現させることのできる「ワクチン的」な対応・支援を政府が考えて、確実な対応支援を進めていく必要も大きくある。

今後において望むこと、求められる課題についてであるが、まずは私たちの理解者を求めることが第一条件である。単なる上辺だけの理解だけでは限界があり、間違った方向へと傾く可能性が生じる。つまり間違った方向というものは人間が持つエゴイズムである。現状、この社会のあり方は帳尻合わせと同じことを繰り返しているだけの状況であることを知っておいた方がいい。正しい発達障害全般における知識や情報、または専門的なプログラムを学ぶ必要性もあるだろう。私たちにとっての心のオアシスの場の環境づくりを求める支援体制の確保。当然、必要に応じて医療機関と連携して正しい治療ができる支援や制度も今後において必要になっていくだろう。先に述べた通り、精神科受診における誤診の防止にも大きく繋がっていくに違いない。家族だけの協力では現実問題、限界がある。共倒れになっては元も子もない。そんな現状から今すぐにも脱却をするべきだ。一つの老老介護に近い現状と言える。何一つ恥ずかしいことではないのだから、助けを求めることで将来を失うことはなくなる。近年、フードバンクが広まっている。それと同じく、心のフードバンク的な支援も今後において、私は求めていくべきだと思う。単なるマニュアル的な就労支援、生活プログラム、デイケアとは別に、心のフードバンク支援で、私たちの心を一つにして、本人が支えられている、救われているといった励ましに繋がれることが大きな目的である。心に必要な、心の食料、心の物資を届けられる寄り添いができる環境づくりこそ、この社会で大きく求めていく必要がある。もちろん医療・医者・支援センターには存在しない、当然、否定や非難もされない、新たな居場所の確保。そんなオアシスを求めていってもいいのではないだろうか。果たして、この社会の環境に、このような助け合える環境が公にあるだろうか？　誰もが、必要としている人間が、いつでも利用できなければ意味がない。やはり今後においては経験者が提案や、物事を口にしていかなければ世の中は何も変わらない。ある意味での革命を起こさなければ社会は変わらないことを知ってもらいたい。

今後において望むことであるが、新たな対応・支援策の制度が求められる。将来において求められることの一つであろう。古いマニュアル的なことはなくし、新しい確実なプログラムを考える必要性もある。十人十色、それぞれに必要かつ、それぞれに合った将来に向けての正しい取り組みが何よりの必要性になっていく。必修課題である。常識の範囲内での多様性を適応し、ある程度の常識を学ぶプログラムを推進することも、大変に心強い。芸術的な個性や才能を引き延ばすことのできる周囲や関係者の理解も必要になっていくことだろう。それらを求めていかなければ、私たちの未来と将来は人に決められた（部外者に決められた）将来になってしまう危険性と隣り合わせなのである。ここで言いたいことは、私たち本人にしか、わからない「現実」・「現状」・「真実」が存在していること。その三つの重要な課題を知ってもらえること、贅沢に言えば理解してくれたら、どんなに心が救われることだろうか。それが、心のフードバンクなのではないだろうか。一人一人の個性や才能をしっかりと認め、それらを引き出し、切りひらいていける社会の環境づくりという重要な課題は、将来の大きな課題でもあって、何よりも必要なことなのでは？　これまで、そう口にして認めてくれた人間はいるのだろうか。いつも否定や非難、叱る言動と行為の現実は、むごかった。心のSOSを示したところで助けてはくれなかった。医者に正直に伝えたところで新しい薬が増える。これが現状だ。ある意味では理想論と言われ批判をされることもあるだろうが、社会や行政に対して正しい現状を伝えることから、一パーセントの可能性という光が見えてくるものだ。理解されない現状を伝えることが、市民運動の基本的だと言える。それが私たちの望む、未来の光景なのだ。何をどうして、何がもっとも大切なのか？　この社会のありかたなのだから……　考えるべき、真実を知るべき現状の課題だ。

　見えない問題の謎。近年「八〇五〇問題《はちまるごうまるもんだい》」という言葉を耳にすることが多くなった。つまり親の年齢も、障害などをかかえている家族の年齢も上がっている現状。発達障害全般、自閉症スペクトラム、アスペルガー症候群、統合失調症、精神疾患を患う子が、年齢を重ねた今後においての現状の課題についても、しっかりと対応策などを考えておく必要性もある。ある場面において、間違った方向に傾く傾向も残念ながら存在している現状にはやりきれない。それらを引き金にして、親が本人に対して将来のことへの当て付け行為をする場合も存在している。実は、私も経験がある。今後において心配だと口ではいっておきながら、世間体だけを気にする自己保身といったエゴイズム。体裁人間とでもいうのか。それにより、本人の精神面・体調は悪化する。完全な、ひきこもりになったケースもある。それでいて安心な社会と言ってもいいのだろうか？　けして他人事のように思えない現実問題だけに、改善策を考えていかなければ最悪な格差問題へと発展する。それだけは何としても防止しなければ、未来などあり得ない。間違いだらけの社会、実態に依存すれば、それ以上に苦しむ人が倍増するに違いない。私は、将来においての不安を減少させるように、私なりに取組んで行きたい覚悟を持っている。救いたい、ただそれだけの思いだ。解決策を見つけていかなければ、同じことが繰り返される。そして最終的には取り返しのつかない、最悪なシナリオへと発展する。

精神障害手帳と耳にすれば、大きな抵抗があるのではないだろうか？　もちろん必要としている人は多くいる。制度を活用すれば社会復帰、日常生活面において充実する。自立へと繋がっていくこともあるだろう。しかし、そのハードルは現実的において高いのではないだろうか。いずれにせよ、近い将来、発達障害全般の方々が制度などを必要とする場合において、新たな制度への制定・改正、新たな手帳へと変更する必要性もあるだろう。「精神障害者手帳」ではなく、仮に「発達障害手帳」、「発達障害支援手帳」と名称変更をして、手帳・支援制度を必要としている人が活用できる前向きな支援策も必要になることだろう。これらも大きな現状の課題だと思っている。好き勝手に予算を無駄遣いする現状より、正しい予算で必要な制度を作る方が必要かつ重要なことではないだろうか。こうなるべき未来の光景だ。正しい支援のもとで、安心できる現状と将来に繋がれば、苦しむ人は大きく減少できると思っている。それを甘えだと思い、そう口にする人間は、残念なことだが、エゴイズムによって心が汚染されている。けして甘えではない。これは生まれ持った個性であるため、本人にも家族にも一切の原因や責任はない。これだけは強く言っておかなければ、偽りの社会のままになってしまう。許される問題でないためだ。正しい「真実」を発信していかなければ、何も変わらない。現状の社会を目にすれば、可能を不可能にしている。情報化社会というのに、誤った情報を拡散している。すべてにおいて使い方を完全に間違えてしまったことで、エゴイズムが増殖されたのだ。そう、人間が作り出すだけに。人間の本望であるエゴイズム。

「発達障害」全般のことが大きく採り上げられるようになり、その要因の中において関連する「書籍」が圧倒的に増えことは少しの前向きな現れだと思うべきだろうか。一九年前では考えられなかった。(二〇〇五年当時、大きな書店でも数えるくらいの書籍しかなかった。)書籍を紹介する新聞の広告欄には連日のように「発達障害」に関係する書籍などが紹介されている現代社会であり、またメディアにおいても広く情報が伝えられている。こうして傍から見れば前向きな情報発信のように感じられるが、現状・現実は何も変わらないどころか、この瞬間にも「発達障害」に対して正しい理解が多く示されているかは不明だと思っている。矛盾する現実問題の課題と言っていい。それは本当の意味で現状や真実を正しく伝えているだろうか？　このように広く伝えていればいるほど、新たな問題や疑問点などが生じる可能性が増えてくるものだ。時として間違った情報(こと)を伴いかねないことに繋がってしまうケースも存在するに違いない。多くの「発達障害」で苦しんでいる本人を含め当事者として正直、その憤りを隠すことができないことも大きな現状の課題である。単なる繰り返すだけの情報だけでの書籍やメディアでの伝え方で「発達障害」や「アスペルガー症候群」または「自閉症スペクトラム」に関係する誤解や偏見が完全に消滅することは不可能であると言える。むしろ、新たな問題点が発生する可能性もあるのだから、書籍を含めメディアの情報などについては慎重に正しい事実を発信するべきだと忠告したい。

発信源という情報などが増えている一方で「発達障害」ということが正しく理解・認識されているとは、いい難い現状である気がしてならない。私自身、これまで数多くの書籍を目にしたが残念なことに、どの書籍も教科書に近い同じ内容しか書かれてなく、ハッキリ言えばきれい事のようなマニュアル書にも感じられる。新聞での特集連載（記事）についても同じことが言える。単なる大衆に向けた情報の一部でしかない。このような情報の元で何もわからない人間がすぐに「発達障害」などを理解できるとは無理がある。信じがたい。不可能に近い。理解を示すチャンスであるものの、他人事のように思われてしまえば、それまでだ。現代社会は多様性を尊重しているというものの、現実問題「発達障害」の分野までには今しばらく時間が掛かる気がする。当然、都心と地方の格差というものも関係している。これまでの経験の中で信じられない場面に遭遇したことが多くあっただけに、やはり正しい情報を伝えることが理解への近道になるのでは？　大変に難しい大きな課題である。

よく「発達障害を周囲にオープンするべきだ」と、実際にそれらの声を耳にした場面（こと）もあったが、その点は慎重に配慮するべきである。これらの無暗なオープンは現時点において反対の立場の私だ。そうでなくても周囲の「発達障害」に対して誤解や偏見がある現状の社会なのだから、それは少しまだ先延ばしにした方がいい気がする。何より慎重にした方が、本人が傷つく心配もない。現実の壁を感じられてやりきれない思いになるばかりであるが、無暗にオープンにして、取り返しがつかなくなってしまう可能性が生じる問題点は避けるべきだと思う。次から次へとトラブルが起こるケースも少なくはない。最悪の場合、周囲は軽はずみで「私も発達障害かもしれない!?」と口にすることも。それは私の実体験だ。ある意味では不適切な言葉を耳にする現状も存在している。これには信じられない思いになってしまった。周囲、他人というものは逃げ道で、これらの言葉を用いる。よりによって本人の目の前で口にするのだから、信じられないものである。ただただ言葉もない。正直な本音だろう。

　誰もが正しい理解を示してくれるように発達障害についての情報を、この先のことを踏まえて明確な現状と今後の課題を考えることから、すべてが前向きにスタートするのだと願い続けたい。正しい判断のもとで理想的なオープン化を求めるより、本来の多様性を主張するオープンな環境を求めた方が、私たちにとって生きやすい希望が満ち溢れるに違いない。個性を引き出し、その個性を引き延ばせるオアシスの泉だろう。それらの環境は、この社会に多く存在しているのか？　多く普及されているのだろうか？　明確ではないだけに、先の見えないトンネルの中を歩いているに違いない。長い道のりであっただけに、いつも逆境の人生という道を歩いているばかりであった。こうして言葉で伝えるのは簡単だが、その道のりは一言では語り切れない。また思い出したくない記憶も存在する。それらはフラッシュバックとの闘いであって、常に恐怖や不安から離れられない、私はそんな世界にいるようだ。精神面のアンバランスが激しい時には、強い想像力が働き、ちょっとしたことで恐怖に陥ってしまう。まるで逃亡者のように。そんなことを他人に話したところで解決することはない。もちろん理解すらしてくれない。

　これまでの期間、真っ白な「日記ノート」を見つめ、万年筆を走らせながら思うことを毎日のように書き続けている。そしてブログとしての記事を書き、それは私にとってデジタル的なノートと言っていい。「人の心」というもの、人間の心は脆いものであってガラス玉と同じである。そんな意味を他人（ひと）は、何人くらい理解しているのだろうか？　日本の人口で例えるなら六割以上の人間が理解していてほしいと、毎日のように願い続けている。

不適切な言葉になってしまうが、これだけは正直に伝えなければならない。もしも、人の心を傷つけたいのであれば、以下のことを事前に理解、知っておく必要がある。大きく三つ存在する。行為・言葉が一つの大きな最悪の凶器になってしまうことを意味する。または事前に理解をしておかなければならない。それでも否定や非難で心を傷つけたいのであれば言われた人間は、こうなってしまう。

①その人間の人生、精神面、または日常生活が大きく変化・悪化することになる。できることができなくなってしまうことになる結果に……

②その後における精神疾患を発症し、またはフラッシュバックなどで辛い地獄の毎日を送るようになってしまう。

③最悪の場合、純粋な人間の持ち主が、性格変化をもたらす可能性も高い。

まるで現状の私の姿だ。あまりにも他人は恐ろしい行為をする。最悪で最低な悪魔だ。それでも、人の心を傷つけたいのであれば、これらのこと理解した上で、その人の今後において最悪の場合、全責任・一生の面倒を見る覚悟の上で発言をしなければならない。簡単に言っておこう。何も理解ができない他人（ひと）に、言っておかなければならない。（まだ理解できないのか！）人間の心を絶対に傷つけてはならない！　この言葉を目にして、それでも人間の心を傷つけたい人間はいるのだろうか？　ハッキリ言っておこう。私は、その被害者の一人である。残念だが医療機関を受診しても、向精神薬を服用しても、時間が経過しても、それらの心の傷は治ることもなければ癒えることもない。日々のフラッシュバックで苦しめられる結果に繋がってしまい、何も手につかないこともある。ただただ、やりきれない気持ちになってしまうことが一般的だ。「モノ」と「人間」の区別ができない現実問題に歯止めがかからないことは最悪と思っていい。心に一生消えない傷をつけた罪は、けして軽くはない。それでいて周囲や関係者は隠し立てをする始末という行為と行動に、深い理不尽という置き土産を残す結果をもたらす。これが現実だと理解してほしい。

単なる理解だけを求め、広めることだけの繰り返しだけでは、本当の意味での理解には繋がらないことになってしまう。頭ごなしに上辺だけの理解だけが広まる傾向になりかねない。仕方なく心無い上辺だけの冷たい態度で理解を示すだけでは、せっかくの対応策の意味が破壊されてしまう可能性もあることだろう。つまり人間の都合のいいエゴイズム要素が働いてしまう結果なのだ。悲しくも現実の壁が多く存在している。

言葉を失ってしまったryuchellさんの死。世の中に対して多様性を大きく求め、主張・尊重していた仲間の死に悲しさと悔しさを隠しきれない。この国は大きく落ちぶれた。誤った、そして大きく間違ったエゴイズムによって、ryuchellさんは、その道を選んでしまったのかもしれない。いつの日か、私たちは「過ち」である間違いに気づき嘆き出す。「遅すぎた……」と、何もかも失う結果と結末により、すべての終幕を待ち受ける。権利と自由を奪われた悲しみと悔しさからの葛藤。強い人間が弱い人間を踏みつける社会の実態に。生きづらい社会の実態を知る結果に繋がってしまうが、あまりにも遅すぎる。「人を傷つけることは犯罪だ！」と。それを知ったことで、加害者である人間が自覚を持つことができるか？　言葉一つで、簡単に人の心を傷つけることができることを知ってほしい。日本人は、地に落ちたものだ！　憤りしか思いつかない。このイバラの道を再び歩く決心をした。本来の多様性を広めていく道を……

この思いと考えを政治家にだけ伝えても無意味になってしまう。つまり精神面というメンタルの専門家である精神科医にも強く伝えなければならないことだと思う。最悪のシナリオの存在と実態を認識することから、次なる物事に対して冷静になって考えることができるのかもしれないと。ryuchellさんの笑顔を、もう見れないことは本当に悲しい。悔しい。あの笑顔……多様性を求め続ける一つ一つの言葉の重さ。もう一度、しっかり「その言葉」を思い出し、反映すべきだと思う。

現実問題は、他にも存在する。これも伝えられていない数ある中の真実である。実体験から目にした現実と言える。本来、心のSOSに気づくことが、本当の意味での、命を救えることができ、自殺の防止に察知できることにも大きく繋がることだろう。私の経験から「本当にゲートキーパーの講習を学んだ人間なのか?」と、何度も疑問や不信を感じることが多いことがあった。単なる在り来りな講習・学びだけで、本当にゲートキーパーを育成することができるのだろうか? 心から信頼や信用をすることができるのかと、トラウマになってしまった経験(こと)から、不信感すら感じられる現実問題だ。いや、人の命がかかっているのだから、現実問題として片づけることでは解決することもできないだろう。もちろん対応策についても先が見えないままの現状が続いてしまう。私だけが感じることではないはずだ。それは確かに言える。活動的な性格のゲートキーパー、自らの経験からゲートキーパーを志した人、精神疾患を患ったゲートキーパー、地方議員のゲートキーパーなど、多くの職種・さまざまな事情を抱える方々がゲートキーパーとして活動をしている。それだけ社会はゲートキーパーに対する関心が高いということが言える。当然ながら、現実的な問題も存在することを理解してほしい。私は否定的な意見を言っているのではない。中には間違っていることも存在していることだけはハッキリと言っておきたい。ただ経験から学んだこと、理解されなかったことがあっただけに、こうして現実を伝えなければならない。特に議員であるゲートキーパーには注意が必要であることを、ここで伝えておかなければならない。

今後のゲートキーパーとしてのあり方について、上辺だけの講習内容だけでは、心のSOSを見逃す可能性が高まるのではないだろうか。大事なことを見逃すことがあり、しっかりと真摯に悩み事を聞く必要性がある。もちろん否定は慎むべきであって、これは基本中の基本だ。余計なことは言ってはいけない。常識だ。間違った行為や言動から、取り返しがつかなくなってしまうことを常に頭の中に入れておかなければ、ゲートキーパーとして務まらない。あくまでも意見や助言をいうのではなく、正しい道筋を弱者に対して教えることができる、それがゲートキーパーだ。今後、例を挙げて自殺を考えている人間に対して、見えない闇である自殺願望に気づく重要かつ正しい「マニュアル・ガイドライン」を制定する必要も、今後において考えなければならない。精神疾患に対する早期発見に気づくことも重要になっていく。国や行政、都道府県、地方自治体における ゲートキーパーの正しい育成や講義なども大事になっていくだろう。もちろん上辺だけの育成や講習だけでは何も解決することもできなければ、重要なことを見逃す取り返しのつかない結果に繋がってしまう危険性も高まっていく。そうならないためにも、しっかりとした方針を作るべきだと私は思う。精神疾患に対する知識や理解も必要だ。もちろん基本的な知識でいい。「うつ病・パニック障害・発達障害・統合失調症・適応障害などの精神疾患全般」を基本とする知識。「命の門番」であるゲートキーパーとしての役割を今後は一層、真剣に考えなければならない社会になった。何よりも、ゲートキーパーの講習を学んだ人間が、人間（ひと）の心に土足で踏み込むような行為、または人を傷つけることなど言語道断だ！　それだけはハッキリと言っておかなければならない。

私は、ゲートキーパーの講習経験も資格もない立場の人間であるが、常に「心のSOS」サインに気づけるように日々意識をしながら物事を見ている。

もしも周囲に精神面における「心のＳＯＳ」を求められ、相談を受けた場合、最低限、適切な対応を図れるつもりだ。または本人が口にしない場合でも、表情や行動、言動、文面を目にすれば察知することもできる。買いかぶっているわけではない。自らの実体験から学んだことであり、本人や家族、当事者のために最善を尽くしていかなければならない。その思いは誰よりもある。一人でも理解者がいるべき存在のゲートキーパーの課題は、これからの社会でもっとも重要になっていくだろう。あらためて新しい方向性を考える時期になった。このまま変わらなければ、生きづらい社会からの脱却は不可能になってしまう。

経験から学んだことは大きなものだ。「心のＳＯＳ」に気づける方法は、書籍などには書かれてない。ある程度、初歩的なことしか書かれていないことが現実であって、それらに気づくことは、ある程度の経験が必要だと私は思う。表情や態度、無気力などは、誰にでも気づくことができるが、厄介なことに表情だけでは難しいことも存在することを予め知っておく必要もある。「元気だから大丈夫だよ！　単なる甘えだよ……」などの言葉は絶対に口にしないこと！　それが原因で悪化するケースも多くある。そう、精神面こそ、表情だけではわからないケースが存在する。

私の場合、表情だけでなく、メールや文字の表現方法で気づくことが過去、何度もあった。例えば医師が一枚のレントゲン写真を目にしながら、一人の医師は異常なしと判断し、もう一人の医師は「この小さな影が気になる……」と思う。その小さな影が、あとになって精神疾患であることを見つけたことに繋がる。過去、何度もそれらのことを経験した。すべてにおいて、経験や知識、発達障害についてある程度の教養が豊富な人材の育成が今後、大事になっていくだろう。

現状から見える課題、新たな対応策、新たな支援制度の必要性を考える時期に差し掛かった。転換点が見えてきた現状の光景。その光景を何人の人間が目にしてきただろう。今後において望むこと、求められることは無限に存在するだろう。これまでの期間、何も考えてこなかっただけに、この反動は大きなものだ。まるで強い地震がやってくるかのように。そういうまでもなく、行政を含めた社会は、これまで単に帳尻を合わせていたのではないだろうか？何もない中であったとしても、一理の可能性があってもいいならば、掛け替えのない「個性」は、自らが認め、周囲がそれらの「個性」を引き出し、伸ばしていくことが今後の将来において絶対に必要なのでは？　それを第一条件として、大きく前提としていきながら私たちの未来を変革していくことが、共に生きる社会のあり方ではないだろうか。それは無理だとか、今考える必要ではないと口にして事を進ませない現状であるが、けして私はそうは思わない。「やればできる」の精神を僅かながらとして取り組めば、新しい本来の多様性を求めることができると信じている。そう社会的立場のある人間に伝えたい。「個性」は最大の宝物であると本人や家族、当事者が思える、そんな環境にしていかなければならない。この世に生まれて良かったと思えることは、けしてお金では買うことはできない。そんな優しさ溢れる未来。まさに砂漠でオアシスを見つけた喜びと同じである。当然、愛もお金では買えない。仲間や友情も、奇跡のような出会いも。お金では買えない掛け替えのない存在は誠実で純粋さが深く伝わる。私たちが生まれながらに持つ個性もそうかもしれない。いや、そうであると自信を持つべきだ。

当然、私も現在（いま）でも、先の見えないトンネルの中を歩き続けている。心細くなり葛藤や挫折を繰り返す毎日は、本当に辛いものである。もちろん完全に解決することは難しい。完治することも難しい。それでも未来を持てる明日を信じ続けてもいいのでは。偉そうなことも言えない、多くのトラウマが襲いかかり今も恐怖で仕方がない。それが現状という光景だ。誰にも相談できず、助けを求めることもできない。他人は助けや協力をしてはくれず、理解すらしてはもらえない現実社会の壁。この世の中を少しでも変えなければならない。それは、ハンディキャップをかかえた私たちにできること、私たちだからこそできることが無限に存在することもある。個性を活かすことの必要性だ。つまり多様性を主張することである。多様性は私たちのために存在する。何度も伝えたが、多様性はけして逃げ道ではない。新しいことを始めようとする時に重要な手助けとなってくれる掛け替えのない存在こそが多様性だと思う。何もない荒野に、未来に大きく繋がることのできる「希望の種」を蒔くことで、大きく世の中に対して正しい現状と、正しい真実を上手く発信していくことで、少しずつであるが確かな理解者を増やしていける希望が持てる一歩になるのではないだろうか。

さまざまな環境や事情をかかえ、それぞれが葛藤や絶望という毎日を過ごしている。時に「個性」や「才能」は、味方になる反面、複雑にも精神面において、これほどまでに負担になってしまう時も正直ある。ハンディキャップを持つ私たちにも、まばゆい光という夢を持ち、小さいながらも夢を与えてほしい。「夢」をみるのは、これからだという希望を持てる社会の環境、本来の多様性が認められる社会の実現を願うばかりだ。誰かを待っていても、何かを待っていても、何一つやっては来ない。ただ待ち続けているだけでは何も、何一つスタートすらできず、新しいことを始めることも困難になってしまう。数年間、革新的な「自伝」を出版する夢に向かい、歩き続けた。それを夢にみていたが周囲の反応はどうだっただろう？　現実は「そんなことは無理だ！」そう一方的だった。日常生活の環境に多様性は存在しなかった。いつも敵との闘いの日々に心はクタクタに疲れるばかりだ。否定や非難、誤解や差別をすることよりも、力を貸す行為を示した方が、どれだけ心強くなるか。なぜエゴイズムによって汚染された人間は、それらの誠実さが失われていくのか？

近年、フードバンクの普及が高まっている。コロナ禍の際に生活困窮という言葉を聞くことが多かった気がする。困窮と聞くと何か特別なことを思い浮かべてしまうが、実は特別なことではなく、さまざまな金銭面の事情により食料や生活物資を購入することができず、特に満足な食事もとれず体重が減少する子供の現状には心が痛むばかりだった。学力、成績があるにもかかわらず、家庭の事情で進学を諦め、就職をしなければならない現実社会のあり方。自由や将来を社会に奪われ、歩む将来の未来図も大きく異なってしまう。多様性を主張していい社会だと言われているが、多様性が認められない。これらは発達障害全般の将来性の未来図に大きく重なり合うことだ。さまざまな事情があれば多様性が認められないのだろうか？　そんな偽りのままの汚染された社会で、偽りの多様性のままでいいのか？

この現実問題を知った政府はどう見解を示すだろうか？　あきれてものが言えない言葉を繰り返すだろう。ある報道で耳にしたことだが、フードバンクで貰って一番嬉しいものが「生理用品」だと言った女子大学生の言葉には驚きを隠せなかった。フードバンクからでも見えてくる、この社会の現状に対する反映。果たして生きやすい社会と言っていいのだろうか？　私たちが、先の見えないトンネルの中を歩いていることと同じ意味を持つ。こんなことを繰り返しているだけの社会、そして人生には嫌気がさしてくる。生きる希望を失い、明日を奪われる。何ら解決すらできない。ただ死を待つかのように……

このフードバンクという存在から、あるイメージが浮んだ。生活物資、食料などのフードバンクだけでなく、今後において心の寄り添いができる「心のフードバンク」的な取り組みがあってもいいのではないだろうか。特に発達障害全般に対する寄り合いどころは必要だ。心のフードバンク。それらを求めている人も大勢いるに違いない。もちろん難しい現実問題もある。簡単にはいかないことは、大きく理解している。だが、考える必要は大いにある。その考えを発信していきながら変革を広めていけるチャンスだと私は思っている。もちろん政府や行政に対して必要なことを主張していくことも多様性としての革新的な取り組みになる。何事も現場を目にしなければ、現場を知っている人間が先頭に立つことが何よりの必要なことだ。医者や生活支援関係者は、現場のことはあまり知らない。上から目線的な古い考え、一般的かつ常識的なマニュアル目線が目立つ。これでは偏りが激しく、永久に狭いマニュアルの中で回り続け、物事の変化も見られない。経験から学んだことだ。多くの将来ある若者に対して夢を与えず、間違った常識の中で強引に将来を決めつけることを繰り返す。人間をモノで見る卑劣な行為だ。その間違った現状から脱却する必要がある中で、ある意味において革命に近いことを起こさなければ、多くの可能性が失われていく。何度も目にしてきた悔しさだった。当時の私は、ただ黙ってこの場面を目にするしかなかった。決められたことをして、決められた道に進むだけの選択肢は、本当の将来における選択肢ではない！　心の寄り添いどころである「心のフードバンク」的な居場所を作ることで、多くの心を救える。多くの命が救えるのでは。そういった取り組みを加速させる時代になったことを意味できる。姿から、見た目から、傍から目にしただけでは理解ができない場合もあるのが、発達障害全般の特徴の一つであって、甘えや怠けとだと誤解されてしまうケースも多いことがあげられる。単なる注意や激怒だけでは何も解決されないどころか、本人に対して一生の深い心の傷をつけてしまう最悪なケースになってしまう。どんなに明るくても、どんなに心の強い持ち主であっても仮面をかぶり弱さを隠していることもあり、外面には出さない複雑なことも存在し、心の傷を隠しながら懸命に毎日を活発に過ごしている人もいるということを知ってもらいたい。私がそうであるのだから……　「心のフードバンク」、誰かの一言で、何気ない温かな励ましから明日も少しだけ頑張りたい……　そう感じることのできる社会の環境の復活を、社会的立場のある方々に主張しなければ、未来は何も変わらない。生きづらさが倍増するだけの未来は望まない。黙って目にすることはできない。アインシュタインの言葉を思い出す。

「悪い行いをする者が世界を滅ぼすのではない。それを見ていながら何もしない者たちが滅ぼすのだ」

ある幼い日のフラッシュバックが私の頭の中で強くよぎる。三〇年以上前の記憶……　幼い子供（私）が鮮明に憶えていることもあれば当然、まだ思い出せない記憶が存在している。ある意味において、記憶を辿るにつれ、心の傷を深める恐れもある。その記憶を辿らなければ、それらを永遠に封印することになってしまう。いずれにせよ、どんな意味があるのか、または一つも意味がないにしろ、何かしらの「克服」をさせなければ、それらの記憶を「現実」のものにしなければ永遠に、一生、人生を生きている中において新しい扉を開くことはできないに等しい。だが、なぜ、これから伝えようとする「記憶」というフラッシュバックに拘り続け、頭の中で消えることがないのか？　何らかの意味があるのだろうか？　甦る記憶という悪魔は、自らにおける最後のラスボスなのだろうか？　なぜそれほどまでに、頭から離れようとしないのか？　自分でも困惑している。四割の記憶は鮮明に思い出せることは確かだが、あとの残りの記憶が、どうしても思い出せない。

三歳か四歳の私。祖母（父の母）に連れられるがままに、ある場所にいた。駅裏にあるビル。これは確実に記憶している。間違いはないと言える。ビルの一階？　ビルの二階？　その記憶は曖昧だ。何の目的で祖母は、その場所に私を連れて行ったのかは不明であり、そこにいた人物は老夫婦だったことも鮮明に憶えている。年代は六〇～七〇代の老夫婦？　幼い子供の目線では当然、どんな人間も老夫婦と判別するに違いない。その場所は一般的な住まいではなく、スナックなのか、喫茶店なのか？　どちらかの飲食店ではないだろうか。幼い私にとっては環境のいい場所ではなかった。暗い室内、老夫婦、大人の世界といった印象が残る。暗い雰囲気、空間の場所……　私は、その老夫婦に怒られたこと……　なぜ？　そして三〇年以上が経った現在、その記憶が恐怖でならない。ただただ怖がっている幼い私の姿が思い出せる。その場面が映画のシーンのように、現実としてフラッシュバックするのだから、これはただ事ではないのだろうか。それらの記憶が鮮明に思い出されるものの、残りの記憶を辿るにつれ、複雑なる不思議さで仕方がない。台風がやって来る前の、嵐の前の静けさに近い心境と言っておきたい。祖母を恨むわけではないが、確実に言えることは、幼い子供が行く環境の場所でもなければ、子供が絶対に行ってはならない環境の場所ということだ。完全な大人の世界だということ。キーパーソンである老夫婦は、いったいどんな人物であったのか？　社会的地位がある存在の人物だったのか？　富がある人間だったのか？　気になって仕方がないこと、どうしても見えてこない詳細を知りたいという欲求。複雑な表現であるが、ただ真実が知りたいという純粋な思いの中、毎日の中で一度も頭から離れないのだから、フラッシュバックという存在は残酷なものだ。このフラッシュバックによって甦る記憶の存在こそが、最終的なラスボスの正体なのではないだろうかと推測、または予感する。フラッシュバックによって記憶が甦ることに戸惑いを感じながらも、何らかの光が見えてくるような予感も、未来における新たな光に繋がってくれることだろうか？　それは誰にも解らない。忘れようとしても忘れられない。考えれば考えるほど、迷路に迷い込んでしまう。私は最近になって、その場所を何度も訪れるようになった。あの当時と変わらないビル。ビルを見上げながら、ふと幼い私の姿が一瞬ではあったが、私には見えたのであった。その表情は、不安で今にも泣きだしそうな悲しげだったことが印象的だった。まるで客観的に他人を見るかのように……　それ以上、記憶はストップしたままが続いている。先の見えないトンネルを歩いている途中の場面。これは現実の世界なのだろうか？

「小さな希望」を持ち続けてもいいのではないだろうか？　そう思うことに、僅かながら可能性のある近道になるはずだと……「いま」できること、自分にできること、それを考えられる段階になった時に考えればいい。無駄なこと、余計なことは考えなくてもいい。そう言っておきたい。焦る行為は、すべてにおいて失敗のリスクを高める行為に繋がる。他人が何を口にしようが、それらの言動や行為には無視をするプログラムをアップデートしておいた方がいい。私からの提言として聞いてくれれば幸いだ。必ず自らの役に立つ。できないことを考えることよりも、今できることを考えた方が前向きな気持ちを取り戻せるチャンスが到来する。小さな目標、小さな挑戦こそ、大きな未来を掴むことのできる可能性だって訪れることもあるに違いない。当然、これらのことは医者が教えてくれることでもない。だからこそ医者との関わり方は慎重にしなければならない。大きく信用することで危険のリスクが生じられることを知っておいた方がいい。

いつか、待っているだけじゃなくて、歩き続けている限り、奇跡のような出会いから信じられないくらいの希望という光が訪れてくるものだ。多様性という掛け替えのない存在。どんな人間でも多くの個性があって、その個性に、チャンスは眠っているのだと思う。それを引き出してくれる存在こそが多様性なのだと誰よりも信じ続けたい。将来のことで不安になってしまうことは当然なことであって、すでに将来のことを真剣に考えている証拠でもある。大丈夫だ！　ここで言いたいことがある。無駄な考えや不安はしないでほしい。自分の決めた道に向かって歩んでいってほしい。多様性を尊重する時代において、その考え方を貫くべきだと思う。個性と才能を自分なりに伸ばしていくことも必要になっていくだろう。映画の世界の魅力に染まることも、大きく人生が変化するに違いない。けして学校では学べない人生の学びを自らの足を使って学んでいってほしい。確実に掛け替えのない人生の宝物を手にできる。私もそうだった。個性ある人間が十人いれば、その十人の十通りの人生がある。誰一人けして同じ人生ではない。それぞれの物語が存在する。けして一言では語れないが、誰かと同じことをする、マネするだけの人生では面白くない。いいじゃないか、人と違った人生を歩めることは！　そう思って、感じてみるのもいいのではないだろうか。もちろん医者だって、そう教えてはくれないはずだ。

「過去」からの奪還。「過去」の過ち。「過去」を振り返らず、新たな「未来」や「将来」を作る時代に捲られた現状。何事も、さまざまな「現状」であるない。教科書・ネット・マニュアル書だけでは、知識や経験を積んだとは言えない。間違った考えである医者にも同じことが言える。終末時計を加速させる可能性のある行為や行動を、いまこの瞬間も時が刻んでいることが本当に悲しい限りだ。

これからも、相変わらずに私だからこそ、書ける記事（こと）を発信していきたい。初心のことを忘れないことが何よりの大切な存在だ。それと感謝の気持ちが一番の宝物になる。読者のみなさんに対して「ワクチン的な役割でありたい！」と、思いながら日々の記事を書き続けている。ブログを読み続ける中で、少なくとも日常生活に役立ててほしいと思っている。万一、さまざまな出来事に遭遇をした時に、私の経験談や体験から、最悪の物事にならぬよう予防や危険を回避できるように、読者のみなさんに向けて、僅かながら「人生の教科書（サプリメント）」に近い存在であってもらいたいと願っている。アスペルガーの私としての経験と記録として……アスペルガーの私にできること。

けしてお金では買えない、掛け替えのない「個性」

から
いつか将来、星に手が届くかもしれない……
いつか将来、星を掴むことも、できるかもしれない……　君たちの将来という未来

今の現状や社会、環境を変えることは容易なことではない。たとえ間違いなことであっても、現実に対して瞬間的に世の中を変えることは非現実的なことだと否定的な意見も飛んでくるに違いない。私の思いや考えも、それらの障害との闘いになっていくだろう。しかし、諦めることでは何も始まらない。スタート地点に立つこともできない。新しいことを始めようとする時には必ず反対意見というものと遭遇する。一人の力は弱いものであるが、一人一人の手が加われば、不可能が可能になる。一人で動かせない大きな重い岩であっても、大勢の力が加われば動かすことができる。出版後、私自身これからの挑戦の光景であってほしい。ハンディキャップを持つ人間に対しての差別や偏見を無くす明日の光景は、きっとどんな時でも笑顔が絶えない世の中になるはずだ。

この社会、そして私たちは、悪い何かに、とらわれていた。大切な存在を見失っていたことに、こうして気づくことができた。今になって、そう感じられた。そう、間違いだらけ、偽りだらけの終盤期に差し掛かったと言える。そうやって気づくことは、時として間違いに気づくという前向きな結果になったことを意味するのではないだろうか。過ちを認めることにも繋がっていく。当然、私は、組織も財力もない。能力も才能もない。だが「真実」を伝えていくことはできる。先の見えないトンネルの中を歩いていることに変わりはない。この先の未来のことは誰にもわからない。だが真実を伝えていくことで、一パーセントの可能性を信じてもいいだろう。同じ境遇で辛い思いをしている人をこの手で救いたい。間違いが存在する精神医療、精神科プログラムに対する現状という真実も伝えていかなければ、

私たちの将来は他人に決められる将来という未来になってしまう。小さなことでもコツコツと積み重ねれば、不可能を可能にすることができる。やればできる……　それを信じていかなければ、私の一〇年以上の経験が報われることはない。誰かが真実を伝えなければ、エゴイズムによって終末時計が加速する。単に従い続ける時代は終わるのだから。

「こんな時代に何を求めても無視されるだけだ！　求めたところで、何も発展などするわけがない！」気持ちは理解できるが、始めからそんな考えでは何も始まらない。こんな時代だからこそ、偽りや間違いを言わなければ、この社会、この国の未来は砂の城のように崩壊する。間違った欲望は罪のないところまで拡散し、エゴイズムが増殖する。悲しい出来事を無理矢理に忘れさせようとする現状の光景。正しい方向へ進ませるには、最低でも五年はかかるが、終末時計を遅らせることは十分にできる。雨は、いつかあがる。夜は必ず明ける。雲のすき間から青空が広がることも。私たちの意識さえあれば、それらを積み重ねていけば、エゴイズムを減少させることも夢ではなくなる。そう、私たち人間には大きな無限という力がある。それを正しく引き出せば、最終的には平和に繋がる。戦争をなくすことも。この時代に生まれたからには、この時代を守る責任があることを、一人一人が知り、意識をすることから本当の意味での感性が生まれるのである。

最後に、私から「発達障害・自閉症スペクトラム・アスペルガー症候群」などで辛い思いをしている君へ。そして家族の方に伝えたいことがある。

辛いことが多い現状ばかりで、葛藤や挫折によって心を痛めたとしても、周囲から心無いことを言われ、理解されない日々があったとしても、そんな行為や言葉に絶対に左右されてはいけない。苦労することも多かっただろう。ここまで辛抱して本当に偉かった。ある事情によって就労・就職することが、すべての選択肢でもなければ、すべての解決にもならない。それはゴールにもならない。単なる一般論でしかない。それだけ理解してもらえれば、少しは心が軽くなるはずだ。まずは立ち止まることが必要だ。時には立ち止まることで冷静な気持ちを取り戻せることに繋がる。押しつぶされる気持ちの中で自分の将来や未来を失ったとは絶対に思わないでほしい。ある程度の常識さえ持てばいい。それだけで大きな世界へと飛び込むことだってできる。医者に否定的なことを言われたとしても、自分のことを認めてもらえなくても、そんなことを気にしては何も始まらない。そんなことを受け入れ、鵜呑みにしてしまえば相手の錯覚に左右されて、無理矢理にも自由や将来を奪われる結果になりかねない。君たちの可能性が失われてしまう結果にもなってしまう。個性や才能を奪われてしまうことも……　本当に残念で悲しいことだ。そんなことが現実にあること自体、許される問題ではなく理不尽なことだが、世の中には間違ったことを無理にでも正しいと押しつける最低なことだらけが無限に存在することを知ってほしい。それだけ解っていれば、たとえ最悪の場面に遭遇したとしても、相手に攻撃されても軽減する。無視をすることで自身を守ることも大切になっていく。余計なことには関わらない、もちろん従う必要もないのだから、そのことで悩み続けるよりも信頼する人間を見つけた方が解決する可能性は高くなる。そう考え方を少し変えるだけでも前向きになる。目線を少し変えるだけで、新しい発見ができる。立ち止まることから本当の意味での君の未来をスケッチすることができるのだ。その世界は無限に存在する。どんなに苦しくても辛くても、ある程度の経験が必要であって、それは小さなどんな経験でもいい。ある意味、苦労は人生の掛け替えのない財産になることもある。いろいろな現実を知ってこそ、人間は強い心を持つことができて、弱い人を救える人間になることができる。困っている人を助けることもできる。そうやって人は支えることのできる素晴らしさが存在する。どんな事情、環境であっても自分自身、つまり君たちの目標や夢に向かって諦めずに進んでもらいたい。個性を尊重して、時には周囲がその個性を引き出し、才能へと導くことができる社会になっていくべきだと思っている。新しい未来の可能性という扉を開くのは、周囲の人間でもなければ、医者でもない。君たちなんだ！　目標や夢に真剣に向かい、信じる気持ち、諦めない気持ち、その夢を現実のものにしたい思いを失わないでほしい。現実は想像以上に、簡単には物事は動かない。思い通りにも進まない。容易なことではないが、どんな立場だろうが、どんなに過酷だろうが、君たちの足を動かして歩き続けていくことが必要になっていく。アーティスト、芸術家も、その過程が存在する。挫折は栄光の始まりである。家族の方に言いたい。個性を持った人間は、けして不幸ではないということをわかってもらいたい。素晴らしい個性は神様からの宝物であり、本人にとって人生の最大の掛け替えのない宝物である。それを否定するのであれば、否定した人間が不幸なのだ。家族だからこそ見守ることがあってもいいのではないだろうか。ある程度の範囲内であるならば、見守りながら本人を信頼することで可能性が高まる傾向だってある。一番辛い思いをしているのは本人であることを理解してほしい。家族の気持ちは痛いほど理解している。経験者だから、本当に痛感する。こんな私自身でも、長い道のりであったが、こうして革新的な「自伝」を出版することができたのだから、君たちには大きく無限な可能性が存在するのである。今は、白い絵の具で描いた世界で、なかなか思うように理解されることが難しいが、いつか美しい絵の具によって描かれる世界は、個性や才能が反映する美しい世界観へと変化する。ただ現在（いま）は、それが隠れて見えないだけのことであって、いずれ光景・景色のように見えてくる時があるのだから、今は心配や不安にはならないでほしい。自信を持とう。大丈夫だ。この世に生まれてきたことを。けして君は一人じゃない。本の中には、私という仲間がいるのだから……　だから大丈夫だ。一人という存在は僅かなものだが、一人一人の力が加われば不可能を可能にすることができる。すぐには社会を変えることは難しいが、ただ君の将来のために、君なりの個性や才能、やりたいことを世の中に発信できる目標を一つだけでも持ち続けていってほしい。ため息をついたっていい。これからも不明な道に遭遇する時もあるだろう。苦労すること、途方に暮れることもあるに違いない。でも、そんな時に自分を否定したり、自暴自棄によって将来を見失うことは絶対にしないでほしい。これだけはハッキリ言いたい。自分を追い込む生き方だけは絶対にしてはいけない。

「出る杭は打たれてもいい。怖がらず、可能性を求めて個性や才能を伸ばしてほしい。大勢の中の一人じゃなくて、多様性のもとで目立つ人間になりなさい。」ある企業の社長さんが若者へのメッセージとして言っていた言葉だ。私の中で大きな衝撃になり大きく救われた言葉であった。待っているだけでは何も始まらない。スタートすることもできない。新しいことを始めることもできない。君たちの未来・将来は、むしろ可能性が高いと言える。自分を褒めて、正しいと思う道に歩んでほしい。そして悩んだ時、落ち込んだ時には、再び私の本を読んでほしい。そう、未来と将来の選択は無限に存在するのだから。できることから始めよう。できないことでストップするよりも、できることから始めた方が可能性が高まる。頑張らなくていい。ただ、君たちの足を動かしてほしい。縛られる人生など不幸としか言えない。「過去」には戻れない。「過去」を振り返ることは、今日で卒業することに。君には「未来」という素晴らしい希望が心の中に存在するのだから、もう大丈夫だ。きっと雨はあがり、雲のすき間から、僅かな青空が見える日がやってくる。それを信じ続けて、君の思う考えのもとで、さまざまな挑戦にチャレンジしていってほしい。私からの小さな提言として。失われた存在（もの）を、求めて……　言葉だけで終わらせてはならない。

君たちが夢をみるのは、これからだ！　エールを送りたい！

4　アフターコロナ時代の危機感

アフターコロナ時代の現在（いま）。眠らぬ街の光景。鳴りやまない踏切の音。開かずの踏切を目の前に、または、非常ベルが大音量で鳴り響き、それは人間の叫び声に聞こえて仕方がない。パトカーや救急車のサイレン音にも聞こえてくる。そんな騒音の中、私たちがどんなに叫ぼうが、助けを求めようが、その叫び声は騒音によって聞こえない。助けを求めても、求めようが、助けてはもらえない。叫び声は誰かに聞こえ、届いているのだろうか。サイレントに聞こえているのか。自己責任型社会は、人間の心を狂わせる最悪な悪魔としか言えない。助けを求め、助けを待ち続けていても、助ける者は現れない。やって来ることもないだろう。待っているだけでは何ら解決もできず、ただ飢え死にするだけの間違った自己責任型社会を憎むしかないのだろうか。そんな時代を選択し、後先のことも考えずに、こんな時代を作り上げてしまった「責任」は、誰にあるのか。それがアフターコロナ時代の現状だと知ってもらわなければ、この先においても、叫び続ける声が消えることはない。生きづらさだけが拡大する、この国という最悪の光景。それが、この場面に存在する終末時計の正体である。砂の城のように崩れる光景を、ただ黙って目にするだけの行為には、罰が下るだろう。

新型コロナウイルスが五類に移行となり、かつての未知なる絶望だったコロナ禍が過去へと過ぎ去った。遠い過去の出来事のように感じる。だが、コロナが終息・終結したにもかかわらず、コロナ禍という反動によって、根本的に何も解決されないまま、生きづらい社会が倍増してしまったことには本当に心が痛んでしまう。なぜ、このような結果がもたらされてしまったのか？　多くの人間の心の叫び声が途切れることがない現状の社会という実態に、国は声なき声に耳を傾けてはくれないどころか、見て見ぬふりをする最低な態度には憤りを感じて仕方がない。毎日の報道がその反映と反動と言える。このままでは、コロナ禍の当時よりも、最悪の危機が隣り合わせになってしまうことも時間の問題であろう。終末時計が加速し、止まる気配も見られない。

あの「コロナ禍」当時のことを振り返ってみれば、私たちがこれまでに経験したことのない多くの未知なる困難の連続であったことが思い出される。その中において実は、私たちが多く気づかなくてはならないことがあったが、それに気づかないまま、身勝手な欲望によって単なる「コロナ禍」を過ごしていたことが言える。それに気づかないまま、現状のアフターコロナ時代へと単に進む結果になってしまった。コロナによって気づかされたこと、人間として教えられた存在（もの）が、水の泡になったこと……　あの当時（とき）、新型コロナに対する身勝手な腹いせである行為を繰り返し、私たちは強引に「自由」を求め、かつての生活を失ったことへの腹いせ、欲望、かつてない困難という場面で生じられた恐怖から、コロナ感染者に対する誹謗中傷という差別、それは身勝手なエゴイズムによってコントロールされた行為であって、人間は何を求めていたのか不思議でならない。同じく恐怖や不安があるから人を攻撃する行為は、被害者から加害者へと拡散する行為に等しい。その当時を振り返り、よく考えてみてほしい。身勝手に「自由」を支配しようとしたことは、果たして過去の出来事として無意識のうちに忘れ去られてしまった。エゴイズムによって……

間違いだらけの行為を繰り返した結果、偽りの自由を求めた結果、自由から欲望へと変異し、このように時代は狂いだしてしまった。何もかも見えないエゴによって、コロナによる恐怖から支配された結果になってしまった。助け合うことを忘れた結果、最大の罪を犯したことに気づいてしまった。狂いだす時代が、こうして罰を下す結末に……

なぜ、今更「コロナ禍」のことを伝えようとするのか。大きな理由がある。多くの日本人が、多くの人間が現実的な思考・感情になりつつあることがあげられる。あの当時（とき）のコロナ禍のこと、あの当時（とき）の絶望的な痛みを完全に忘れているように見える。それは大きな誤りであって、あの当時のコロナ禍という期間の中においても、私たちがもたらした多くの間違いがあったことを理解するべき時代がやってきた。「アフターコロナ時代」という現状。真実を知ろうとすればするほど、大きな身勝手な矛盾と欲望が存在していたことがわかる。人を傷つける行為は、加害者も被害者も「幸福（しあわせ）」ではない。愚かで悲しさの募る最悪な光景である。もう一度、あの当時（とき）を、思い出すべき時期になった。人間らしさを取り戻すべきだ。再び、恐怖で辛かった「あの当時（とき）」を、再び思い出すことによって、失われた何らかの存在（もの）を取り戻すことができる。その気持ちを感じてもらいたい。何を失ったか、自らが気づくべき時代こそが、アフターコロナ時代なのだ。

報道によって恐怖が倍増し、偽りの報道によって踊らされていたことに、気づいてしまった後遺症。コロナ禍という期間の中で、私たちは誤った報道によって間違いを犯し、ウイルスに踊らされ、そして何かを奪われ、最終的に大切な何かを失う結果がもたらされてしまった。当初、コロナに感染した人に対して、誹謗や中傷という差別的な行為がとられた。注意喚起をすれば、かえって誹謗中傷という差別行為がより強く繰り返されることは厄介な問題であった。全国の都道府県、市町村においても大きな問題であったことに違いない。何もできないまま、ウイルスのように卑劣な行為だけが変異する現状を目にするしかなかった。解決策も見つからない。自らの感染経緯を新聞の折込チラシで伝えることもあったのだから、この社会という現状に対する不信感が倍増したことを忘れることができない。自らの恐怖や不安によって感染した他人を攻撃するメカニズムこそ、エゴイズムに支配されたことを意味するのだから、この社会には間違いだらけの矛盾が存在している。この人間のメカニズムに対して、ウイルスによって支配、人間の精神が奪われたのではなく、人間の心の汚染で奪われたのだと思っていいだろう。掛け替えのない存在（もの）が、失われていったことになってしまった原因をもたらしてしまった。間違った自粛から、自由を奪われたにもかかわらず、身勝手にも欲望によって、コロナによって自由を奪われた結果とする反動によって求め過ぎた結果から欲望というエゴイズムを生み出し、拡散する結果に繋がってしまった。今こうしている瞬間にも、人間の意識というものは社会に大きく流されていることがわかる。感情や感性を失い続け、もう後戻りもできない状況まで発展した。つまり心までもがコロナに感染し、それらが無症状であるために誰もが感染したことに気づかないまま、最悪な展開へと進んでしまった。そして、人から人へとエゴを拡散・増殖、感染させる現状のアフターコロナ時代の光景と姿そのものだ。そして連日の報道で伝えられる事件が現実のものとして起こる。今後における「アフターコロナ時代」という闇に、私たちは、どう向き合っていけばいいのか？　罪を背負った結果、大切な何かを忘れた結果に、人間は大きな過ちを犯す。誰のせいでもない。自らの罪であるのだから……　欲望は人間を狂わせ、欲望に支配されれば、この先の未来は崩壊する。アフターコロナ時代の危機感だ。ウイルスよりも黒く汚染された物質（もの）が、私たちの心の中に浸透したことを大きく意味する。あの当時の辛さは、どこに消えてしまったのだろうか。それとも頭の片隅にあって、単に忘れているだけのことだろうか。それは誰にもわからない。だが、失われたものは多いことだ。欲望や金銭では何一つ取り戻すことも、必然的に解決することもできない。本来の人間としての行為や行動によって奪還できるものであるため、大切な存在に気づかなければ、世の中は希望が薄れる。そう、コロナ禍の負の遺産を生み出してしまい、それらを将来ある子供たちに背負わせ、巻き込むことをする恐れもあることだろう。「無意識」が最悪のシナリオに発展することを忘れてはならない。身勝手な物事に対する解釈も危険が隣り合わせとなる。

かつての日常と自由を奪われ、まだワクチンも存在していなかったコロナ禍当初の叫びが、今、アフターコロナ時代が進むにつれ、警告への叫びへと変化した。変化されたと言ってもいいだろう。警告への危険な叫びになってしまった危機感……　あの当時の、コロナ禍の、あの日の苦しみ、恐怖が身勝手にもリセットされたことになってしまった重大な罪。私たちは新型コロナによって精神面、心の中における後遺症を患ってしまった結果に繋がった。実に厄介で残念なことだ。さらなる精神面のウイルスに侵されてしまった結果になってしまったのだ。私を含めて……　ここで食い止めなければ、この先の「アフターコロナ時代」における未来と将来の希望は遠のいてしまう。未来を担う子供たち、未来ある若者に対して希望が失われる。コロナ禍の当時、私はノートやブログの記事で次のことを述べた。あまりにも先の見えない恐怖を感じたからであった。アフターコロナ時代に対する、ある意味での「予言」であった。予言をした当時、私のことを誰もがオオカミ少年として見ていたことだろう。周囲も信じてはくれなかった。単なる大袈裟なことを勝手に言っている、神経質な人間としか思ってはくれなかったのではないだろうか。その要点を伝えたい。

――当時の予言したノート・ブログ記事からの要点――

単に、時を戻すだけではいけない「アフターコロナ時代」のありかた。コロナ禍になってから、私たちの日常生活が大きく変化し、「テレワーク」や「リモート」、「オンライン」といった言葉が広まったことが衝撃的だった。大きな変化であって多様性という言葉も広く動き出したのではないだろうか。テレワークも立派な仕事であって、コロナ禍以前では考えられなかったことであり「外に行かなければ仕事ではない」、「ちゃんと外に行かなければならない」という偏見的なことも以前には見られていた。特に地方においては、否定的な声が多かったであろう。

オンラインと耳にすれば、ゲームのイメージしかなかった。それが、手のひらを返して時代は大きく変化し、「新しい生活様式」という言葉も生まれた。未知なることであり、戸惑いを隠すこともできなかった。私自身が感じることは、新しい生活様式は日常生活だけでなく、心の表現や新たな考えにも繋がっていく新しい生活様式が見られているのではないだろうか。つまり多様性だ。かつての日常を失ったコロナ禍であるが、私たちの観点まで前向きな希望を与えてくれたことも、絶望的な出来事があったからこそ、こうして生まれたのではないだろうか。だからこそ、前向きな気持ちを取り戻しながらも、これまでできなかったことへの道を創り出していかなければならないことこそ、アフターコロナ時代なのでは。求められる多様性でもある。新しい生活様式は生活面だけでなく、さまざまな才能の持ち主に、その才能が開花することができる時代や社会になってほしいこと。だからこそ、新しい生活様式なのだと解釈もできるのではないだろうか。

正直なところ不安や心配もある。今後、ワクチン接種の普及、治療薬の普及により少しずつだが、かつての日常を取り戻すことができる。そしてこれまで自粛によってできなかったことができるようになり、いずれすべての制限が解除されることだろう。自由を手にすること。しかし、かつての日常を取り戻すことができたとしても、この「コロナ禍」によって傷ついた心がすぐに癒えるだろうか？　すべてにおいて、どんなことに対しても格差が生じることも出てくるだろう。私が心配に思うことは、コロナ禍以前の時代に戻すことだけでは、何の意味も無くなってしまう。このコロナ禍の期間を懸命に過ごしてきたことが水の泡になってしまう。それだけは絶対に回避しなければならない。「自由」を身勝手に手にすれば感情が薄れ危険なことに繋がる場合もある。私たちは、このコロナ禍を経験したことを絶対に忘れてはならない。単にパラダイス的な思いに舞い上がってはいけない。「時を戻す」ことだけでは間違っていけないこと。同じことを繰り返すことでは間違ったた時代に逆戻りになってしまう危険性。人間という温かな気持ちが無くなることに繋がってしまうことにもなりかねない。かつての生活を取り戻した瞬間、自由を手にした瞬間は、けしてゴールではない。自らの手で「アフターコロナ時代」を創り出すことから、本当のスタートができるのだと、私は思う。「裕福」と「幸せ」は、まったく違う。本当の幸せを手にして、それ（幸せ）を感じる、人と違ったとしても、その個性が認められて幸せを感じる温かな時代、お金では買えない存在（もの）が幸せなのだと、そう多くの人が思える、感じることのできる時代こそが「アフターコロナ時代」なのだと！　コロナによって失われた多くのものを取り戻すことも、その大きな近道になることだろう。「いま、失われたものを求めて」歩くこと。

他人の幸せそうに見える光景に理想を求めてはいけない。どんな家庭においても表向きには幸せそうに見えても、隠された陰が存在する。それが見えないだけであり、人間は他人の幸せそうに見えることが理想に繋がり、逆に嫉妬する場面に繋がることもあるだろう。この小説の物語から気づかされた。人間だからこそ、間違った道・間違った方向に進むという危険なこと。「バベルの塔」に近い現象。いまの現状・社会に見えて仕方がない。

このままでは、ワクチン接種が普及しようが、治療薬が普及しようが、新型コロナウイルスが完全に終息しても、もとの時代に戻ってしまうだけの「アフターコロナ時代」になってしまう危険性があるのではないだろうか。いま忘れかけていることは、「心からの優しさ、心から思いやる気持ち」なのではないだろうか？　それが消えかかっている現代社会に悲しさを感じて仕方がない。それらに気づくことが、私たちに求められることであるのでは？　ワクチン接種における差別（特別な理由・事情で接種することができない人）、ワクチン・ハラスメント、マスクのトラブルなど、コロナ禍によってこれまで無かった非難・中傷・差別が生み出された現状。果たして日本という国は、そんな国だったのだろうか？　もっと思いやる心があったのでは、それらの温かさが存在していたのではないだろうか。

二〇二三年五月、新型コロナが五類になってから、この予言が複雑にも現実のものになってしまった現状の社会。人間が生み出し、作り出した身勝手なエゴイズムによって……　アフターコロナ時代の危機感は、無意識からの最悪のシナリオに繋がることを意味する。このまま現状を進むだけでは、何ら、何一つ解決はできない。ただただ、終末時計を進ませ、この世が破壊されるのを待つだけになってしまう。間違ったメカニズムこそ、偽りの固定観念が大きく関係していることが理解できる通り、簡単には間違いを受け入れることが困難になっていく。進ませたことによって、もはや冷静さを失っている。それで解決の道に進ませ、もしくは、かつての時代を取り戻すことも困難になる一方だ。負の遺産を背負った責任は、私にも発生すると考える。あの時に気づければ良かったと、過去の反省から、過去の過ちに気づく最悪の結末。過去の清算をしない限り、未来という可能性を切り開くことはできない。季節がない時代、季節がなくなってしまった社会の光景は、希望が満ち溢れておらず、むしろ冷たい現状だけが映し出されてしまった。

無意識のうちに、物事は悪い方向へと加速していく。地獄へのカウントダウンが進むにつれ、報道によって何度も心が傷つけられる。起きてはならない事件や犯罪の問題。完全にエゴイズムによって支配された結果、もはや人間としてのコントロールができない結末に繋がってしまった。あの当時のことを思い出してほしい。掛け替えのない大切な人との別れ。最期を看取ることができなかったこと。通夜・葬儀に行けなかったこと。学校生活の変化、学校行事の自粛、友人関係……　など、多くの語り切れないことがあったことだろう。傷つくことは幸福ではない。傷つけることも幸福と言えない。それらが現実に存在していることに対して心が大きく傷んでしまう。当然、加害的な行為を繰り返す人間に対して弁護することはできないが、一方的に非難することはできない。ここにおいても大きな矛盾というものが存在していることに気がつくだろう。

当初、ワクチンの接種には前向きな希望を感じられた。しかし、現実的な問題が次から次へと出てきた。ワクチンの接種は努力義務であるものの、勝手な解釈から絶対に接種しなければいけないという固定観念が生まれるようになってしまった。未接種者に対する差別や偏見が生まれてしまったことには、残念な気持ちであった。私自身、身近に未接種者がいたため、当初から個人の自由を強く尊重してきた立場だった。だが社会は身勝手に染まられ、まるで犯罪者を目にするかのような態度をとる。冷遇とも言える行為だ。こう振り返れば当初から無意識のうちにエゴイズムが拡散されていたことが理解できる。それは単なる腹いせと同様の心理によって生じられた現実問題だった。たとえワクチンを接種したところで、そのような心理は改善されない。コロナにかかって死にたくない、コロナに感染したくない思いから接種するワクチンに対して、人間は有難さを感じたかどうかが気になるものだ。ワクチン接種は果たして、心の精神面のオアシスに繋がったかという疑問。精神面の軽減に繋がったかは現時点において不透明であると言っておきたい。推測できることは、単なる欲望を与える結果になっただけとしか思えない。人間としての感情が失われた結果、このように反映されたことなのだと推測できる。自分に都合のいいことだけをインプットして、他の人間はどうでもいい。そう考えても間違いだとは否定はできない。無意識のうちに何かを失うことは、大切なものまでもが失われる結果をもたらす。

必要のない自粛によって、私たちの心という精神は押しつぶされた。そして心までもがコロナに感染し、大きな後遺症を負ってしまう結果になった。

二〇二〇年、コロナ禍当時であった夏の季節から、ある変化が見られた。道ばたに捨てられているゴミの変化。コロナ禍以前も、捨てられているゴミ問題は当然のことながら存在していたが、この自粛が目立ったコロナ禍の時期には、ビールやチューハイの空き缶、ワインの瓶が白昼堂々と捨てられている光景には驚きを隠せなかった。(コロナ禍以前は、大抵ジュースの空き缶を見かけるくらいであったが、この時期にはジュースの空き缶が捨てられているのは見かけなく、お酒類の缶や瓶が九割以上の割合で捨てられていることに変化したのであった。)完全に、全国の緊急事態宣言から、コロナによる自粛によって反映された社会には不思議でならない。風の便りで反映するのか？　それとも連日、報道が伝える影響のせいで反映されたのか、押しつぶされた人間の心は罪深いものである。それでいて矛盾をもたらす。食べかけのお弁当が捨てられていた。まだ半分も残っている。単に激怒をしてしまいがちだが、これは人間の最後の執念としての「何らかのメッセージ」であると私は思っている。いや、信じていると言っておきたい。日課のジョギング・ウォーキングをしていても、道を歩いているだけでも社会という現状の世の中における情勢を知ることができる。特に、人間の心の声、心の叫びを間接的に聞けることも……　現状の社会と反映する光景や行為には、悲しくて仕方がなくなる。愛を失ってしまった悲しさ、感情までもがロボット化してしまった現実的な感情、自由を身勝手に支配するエゴイズム。このコロナ禍で大きくエゴイズムは変異した。ウイルスと同じように。

コロナ禍という当時に見られた最悪の事態こそ、エゴイズムの支配からのコントロール

報道は、私たちに安心感を伝える、または与えるどころか、大きな恐怖と混乱をあおり続けた。その結果、このような事態にまで発展をさせてしまった。

感染者への誹謗中傷や差別。医療従事者に対する偏見や差別的行為。感染者の追跡行為や、根も葉もない中傷にまで繋がってしまったこと。マスクを巡るトラブルや差別。マスクを着用していないことを理由に暴力行為が事件として現実のものになってしまったこと。死亡事件にまで発展してしまった。不織布マスクではないことを理由に腹部を殴られる事件。報道を鵜呑みにした身勝手さ。嘘の情報をSNSで拡散させた行為。コロナ禍以前には考えられなかった卑劣な行為が目立つようになったことは、大変残念でならなかった。「明日は我が身にも……」といった恐怖や不安から、私たちの心はエゴイズムによって支配されてしまう。そしてこのように支配されてしまったことによって、その結果、このような最悪な行為へと繋がり、発展するようになる人間の身勝手なメカニズム。何も不思議がることではない。これが人間の身勝手な本望というものであるのだから、完全に悪魔によってコントロールされたことが目に見えてわかるだろう。それが自分であるとは、誰もが思っていないはずだ。もしも、エゴイズムの正体や実態の存在に気づいていれば、他人を誹謗中傷する行為は絶対にしないはずだ。新型コロナによって、心までもがウイルスに感染することは、最悪のシナリオの序章であったことを意味する。そして、完治しないまま、陽性のまま、アフターコロナ時代へと進んだ結果、危機感だけが膨らむ危険な時代を人間が、コロナ禍の期間の中で作り出してしまった。大きな「過ち」の姿が反映された結末になってしまった。まるで指紋が一致するかのように……出口が見えない時代の中を、私たちは手探りで歩き続けている現状にどう感じているのだろうか。生きづらさが倍増する現代社会の「空気」は、冷たいものだ。人間らしさという感情が日に日に薄れてきていることには、やりきれない。「死」を選ぶ「決断」さえ考えてしまい、最悪の決断による永遠の死。誰が望んでいたことか。絶対に望んではならない。報道では伝えられない孤独死。これらは、人間が自ら作り出したエゴイズムのしわざであり、関係がない人間を巻き込んでいる身勝手な行為だと言ってておかなければならない。命に大きいも小さいもなければ差はない。どこかで一つの道を間違えた結果、あるいは、何かの拍子で一つの小さな嘘をついたことから、エゴイズムとの最悪な遭遇がある。それによって大きく将来や運命が最悪の結果へと結びつく。まるでコロナ禍の光景を思い出して仕方がなくなる。政治家を含め、大勢の人間が、どこかで大きく道を間違えてしまった。愛も感情すら無くなってしまう日本の社会を、どう変化させ、ストップさせることは、もはや手段も対策も不可能になるばかりだろう。エゴイズムに支配されれば、人間は崩壊する。人間が崩壊すればドミノ崩しのように次から次へと拡散し、修復さえ困難になってしまう危機感が発生する。

コロナ禍の期間、これらのことを、しっかり見つめられる（見つめ直そうとする）ことができれば、現状の危機感と生きづらさが倍増する「アフターコロナ時代」になっていなかったであろうと推測できる。与えられた時間の中で、何を望み、何を求めていたのだろう。単なる自分勝手なことであった。他人のことなど頭の中になかった。やさしさも忘れていた。目の前のことだけしか見えなかった。それらは、コロナ禍の期間の中で犯した重大な罪である。そして罰が下ってしまった。「アフターコロナ時代」の現状を理解すれば、関係がない人までもが大きく苦しみ叫び続けている事態にまで発展さしてしまった身勝手な行為は、許されることでもなければ、許される問題でもない。今、あの当時（とき）、感染者を誹謗中傷した人間は何を思い、どう思っていることだろうか？　掛け替えのない「失われてしまった存在（もの）」が多かったことは、大きな問題である。間違いだらけの考えによって、私たちは掛け替えのないものを失ってしまい、何もかも失うという結果をもたらせてしまった。

こども食堂の存在は、多くの人が望んでいる。ある事情によって、子供が満足にご飯が食べられない現状に対して、ボランティアによる「こども食堂」や「フードバンク」の普及が高まっている。生活困窮という言葉を耳にするようになった。困窮と聞くと何か特別なことをイメージするが、けして特別なことではない。コロナ禍の時期、こども食堂に行きたくても行けない理由から、体重が五キロ以上減った子供。心が痛かったことだろう。しかし、助けを求めたくても求められない現実の壁が存在していることには、言葉を失ってしまう。それは我慢強いことだからなのだろうか？　我慢強いことはいいことか？　我慢さえすれば何事も解決される？　恥ずかしいから我慢をする、そんな現状の叫びや葛藤が聞こえてきてならない。間違った考えから、助けを求めることまでもが恥ずかしいと思ってしまう。日本人の特有なのでは？　数多くの現実問題が山積している現状に、社会は見て見ぬふりを繰り返し、声なき声に耳を傾けないことが続いている。そんな現状を、子供は気づいている。心は傷ついている。子供の心というものは、ガラス玉と同じくらいの繊細さであって、心が傷つくことは、ガラス玉が傷つくことになってしまう。最悪の場合、ガラス玉が割れてしまうこともあるだろう。それは取り返しがつかないことを意味する。大人の勝手な行為で子供の心が左右される現状においても、間違いだらけが拡散していることが言える。最悪の犠牲者こそ、子供なのであることを知ってもらいたい。アフターコロナ時代の子供の叫び声も聞こえる。

私は、コロナによって、自らの過ちに気づくことができた。だが気づいた瞬間、地獄へのカウントダウンに繋がった。自らの闘いの序章に過ぎなかった。多様性とは程遠い現状に対する葛藤、気づいたからこその日常の変化は辛くてたまらなかった。積み重ねてきた成果が不毛であり、すべてが誤ったバベルの塔であった。そんなバベルの塔を、ただただ理想を求め登り続けていたことは、自分に対する「過ち」を犯していたことになる。そしてコロナ禍に気づき、罪であることに気づいた。何もかも失い、目の前に残ったものは人生の大借金だった。最終的に辿り着いた「道」は、不毛であって、色のないモノクロの世界。言葉を失ってしまった。私の精神、心の中には無意識のうちに作り上げてしまった「コントロールドラマ」が存在していたことに気づかされ、完全に精神が崩壊する結末と遭遇。もう、あの時には戻りたくないと誓った瞬間、私は変わろうと決心した……

あらためて、気づくべき「人間らしさ」

未知なるウイルス、新型コロナウイルスによって大切な何かを忘れていたコロナ禍。あの時、落ち着くことさえできていれば、エゴイズムを拡散することもなく、エゴイズムに支配・コントロールされることもなかった。そう、コロナ禍という期間は神様が私たち世界中の人類に「本当の幸福」を考える期間を設けてくれたのだと、私は気づくことができた。これまで考えもしないことを、しっかり考え見つめ直す期間こそが、コロナ禍だったのではないだろうか。その期間を神様が与えてくれたにもかかわらず、身勝手にも誤った自由を求め過ぎたあまり、罪を犯してしまった……　アフターコロナ時代に近づくにつれ、イベントの復活の際に「三年分の!!」という言葉を多く耳にするようになった。だが、それは単発として終幕する結果となり、何ら持続性はない。それを喜び、終われば一瞬で忘れる。それは本当に求めていることなのだろうか。楽しければ、それでいい。しかし愛というものは存在していない。それを誰が求めているか？　それらのスポットを陰から目にしている人間にとっては苦痛な光景だろう。そして我慢の限界で犯罪を犯す最悪な結果をもたらす。このように人間の欲望が目立ち、かつての日常を取り戻すだけでは満足にならず、新たな欲求を満たしたくなってしまうことも多いのではないだろうか。当然、人間や生活面の格差が生じ、間違った「勝ち組」、「負け組」といったカテゴリーに分類されることにも最低なエゴイズムによってコントロールされている。どこまでも身勝手な行為が存在するものだと、憤りを感じて仕方がなくなってしまう。エゴイズムによって錯覚することや、コントロールされること、または物事に対して誤った・間違った正義に酔いしれていることは、もっとも危険だ。現状において、どれだけの人間がエゴに酔いしれていることだろうか？　想像しただけで背筋が凍ってしまう。

　コロナ禍によって多様性が広まっていく方向へと進んだにもかかわらず、社会はますます生きづらさが倍増するばかりだ。大きな矛盾という身勝手さが目立っている。そんな現状を知ってしまったことによって、自らの責任に繋がってしまった。「知ってしまった」からこその、責任であると言っておかなければならない。そんな現状の光景や姿を、静かに目にしながらも、そういうものであると諦めた方がいいのか？　誰かが何とかしてくれると思えばいいか？　慣れていくことが必要なのか？　我慢をすればいいか？　すべてが間違いだと、気づくべきだ。そう気づいてほしい。それを知り、本当に大切なものは何かと……　このまま何もしないで、単にコロナ禍以前に戻ることだけでは何も解決・発展はしない。それどころか、ますます歪んだ生きづらい社会に進ませることになってしまう。最悪なシナリオを作り出してしまう罪。エゴイズムのせいで、私たちは混乱を招き、誤った先入観によって選択を大きく間違える結果を無意識のうちに生み出している。あの当時（とき）の反省こそが、一つの償いになると信じたい。

　コロナによって失われたものに気づき、それを取り戻すことからスタートすべきであると意識をして、ひたむきに歩き続けることをしなければアフターコロナ時代の先の危機感は消滅することはできない。アフターコロナ時代……　それは人間らしさを取り戻すことから始めることであり、私たちの手で新しい時代を創る、愛と希望が溢れる社会を復活させることから、アフターコロナ時代がスタートするのだと、私は思う。季節のない時代から、実りある季節を感じる光景こそ、本来の多様性が溢れる幸せな光景であることだろう。黒澤明監督の映画（一九七〇年公開　東宝）「どですかでん」のような愛が溢れる光景は、けして特別なことではない。けしてお金持ちでもなければ、明日の不安だってある。しかし、感じられることは、人間の愛が溢れ、今日よりも明日の方が豊かになれる、そんな希望を感じる。再び、希望を感じる豊かな時代になるべきである！　そう思わないだろうか。

難しいことであるが、立ち止まっていれば何も解決せず、危機感を悪化させてしまう可能性が高まってしまう。困難なことだが、あきらめては何もスタートしない。エゴイズムを減らし、終末時計を遅らせる改善策を考え、それらに取り組むことの大切さに大きな意味がある。私たちのアフターコロナ時代という挑戦から、本当の人間らしさを求め、人間らしさを復活させることが、今もっとも必要なのではないだろうか。人を救うことができてこその、新しい時代。人間らしく生き続け、救える命を救うことが、一番の大切なことではないだろうか。コロナ禍を経験してこそ、経験したからこそ、あの時の経験を、今ここに、アフターコロナ時代に反映することはできないだろうか？　絶対にできると、私は信じたい。小さな意識から未来をつくることができる。小さな意識によって、エゴは減少する。そして終末時計を遅らせることが可能になる。あらためて気づいてほしいことは、人間らしさだと。

犯してしまった罪は消えないが、その過ちを知ってしまったからこそ、今度は、多様性が溢れ、将来に希望や優しさの持てる私たちの時代をつくることが、あの時の償いに繋がっていく。アフターコロナ時代という、私たちの手で創り上げる時代……　過去の、あの日の原風景を求めて、歩き続ければいい。

5 最悪のシナリオである原発再稼働と原子力の存在

私は原発において専門的な知識はない。当然、専門家ではない私が偉そうなことを言って世の中を変えることはできないだろうが、勝手な思い込みによる先入観で物事を決めつけてはいけない。そんな私でも原発は、もっとも危険な核兵器であると認識している。ひとたびミスによって原発事故を起こしてしまえば…… 取り返しがつかないどころか、何もかも失う。それは将来を失うことを意味するのだ。家族や仲間、生物、故郷までも失ってしまう。取り返しのつかない最悪のシナリオという原発事故が存在する限り、一生の間、争いによって何一つ解決もできなければ、私たちによって混乱を招く矛盾さは冷戦と同じであるだろう。原発立地地域においては常に危険との隣り合わせの現状に、長い歴史が何一つ変化しないことへの憤りが続いている。五〇年以上も原発推進派と原発反対派の対立が続いている現状に、もう終止符を打たなければ原発問題の解決すらできないだろう。この章では、一般的には知らされていない「真実」のみを伝えていきたい。私は専門家ではないため、一般的に伝えられている専門的なことを述べることはできない。一般的に知られていることを伝えるよりも、「アスペルガーの私」の目に映る矛盾という偽りの世界観だけを伝えることにしたい。いま声を高くして言えることは、この原発問題という現状から見える世界と光景は、フィクションではない。アスペルガーの私が強い憤りと矛盾を感じる原発の問題。「南海トラフ」への、カウントダウンのボタンが押されてしまった日本列島。確実に、南海トラフ地震が起こることが将来、目に見えた現実になってしまった。それにもかかわらず「原発は大丈夫だ！　安全だ！」という、政府に従い続けている規制委員会の口先だけの言葉による先入観に騙されてはいけないことが、将来において重要になっていくことと、信じていきたい。

我が国において最大の終末時計という問題こそ、原発の問題と課題であることに間違いない。新潟県で生活をしている以上、原発問題は他人事のようには思えない。原発は、この世で一番の恐ろしい核兵器である。私は、原子力発電所の実態を知ってしまった人間だ。同時に、それを知ったことによる責任が発生してしまった…… これは、フィクションではない。

「もしも原発事故が現実になってしまったら……」あの福島第一原発事故の光景、現実になってしまった最悪の地獄の世界…… その瞬間から「原発での過酷事故は現実として起こりえる」と思うようになった。それでいて政府は、原発再稼働を前提とした方針を強引にも進めることに不信感を隠すことができない。安全性が確認されないまま、このような原発組織（東京電力を含める企業）の体質で再稼働をしたならば、必ず原発事故が起こる危険性が高くなる。それは間違いない。信用がされていないのにもかかわらず、陰で再稼働の推進を進めていることに、私たち国民は黙って従うことはできない。真実すら見えてこない現状に対して、今ここで再稼働を進める段階ではない。

終末時計という最悪のシナリオである原発再稼働と原子力の存在に、人間はどう向き合うべきか、すでに五〇年以上の対立を繰り返しつつも、解決の道には辿り着けていない。反対と主張する脱原発に聞く耳すら持ってはくれなかった。だが福島第一原発事故で、最悪のシナリオが現実のものになってしまったことが、脱原発が正しかった結果に大きく繋がっただろう。日本において原子力発電が停止しても大きな問題、混乱が発生することはなかった。解明された結果は前向きなものであった。もしも、放射能やプルトニュームに色が付けられたとして、人間の目に見えることになったとするならば、私たち人類は大きく混乱することだろう。原発推進派の人間も恐怖に怯え、これまでの過ちを遅からず実感するに違いない。それでは遅すぎる。原発は、人類がコントロールすることができない技術であり、一つのミスから大事故に繋がる恐ろしさがある。放射能が見えない理由から、恐怖は薄れる。しかし、見えないだけに大きな恐ろしさがある。いずれ、放射能に追いつかれるのは時間の問題である。プルトニューム、ストロンチューームという悪魔。吸い込めばガンになり、骨髄にたまれば白血病になる。放射能に色を付けようが、原発事故によって知らずに殺されるか、知ってて殺されるか、大きな矛盾というものがここでも生じる結末になってしまう。「原発は安全だ！　危険なのは操作のミスが大半で、原発そのものに危険はない！　絶対ミスは犯さないから問題はない！」と言っていた時代と、人間の身勝手かつ無責任なエゴイズムで、原発は大きく推進され、反対派の主張すら聞いてはくれなかった。黒澤明監督の映画（一九九〇年公開）「夢」を思い出す。

原発は、ひとたび事故を起こせば、個人の生命・身体の安全や日常を完全に失ってしまう。福島から避難した小学生が、避難先の学校で卑劣な「いじめ」にあった事実は、悲しくてたまらない。許される問題ではない。原発事故さえなかったら……　原発事故は、その後の人間の運命において最悪かつ残酷を与える。再稼働によって、再びあの日の光景に。どんなに幸せな日常が存在しても、原発がある限り、事故によって将来を台無しにされてしまう危機感を毎日の中で思い続けていかなければならないのか？

――参考までに――

原発事故には大きく二つのケースが存在し、一つは重要かつ初歩的なミスによって大事故に繋がるケース。もう一つは、地震、災害時における二次的な大事故のケース。どちらにせよ、大事故を起こしてしまえば未来は完全に消滅する。特に震度五以上の地震が発生した場合、原子力発電立地地域の住民は地震での被災の他、原発事故の恐怖が頭の中で過る。二〇二四年一月一日に発生した「令和六年 石川県能登半島地震」の時もそうだった。原子力発電所の情報を耳にしていれば理解できると思うが、一回目に発表した報告と二回目以降の発表とでは大きく違うことが理解できる。当初、被害などが無かったが、二回目以降の報告を耳にすれば、完全なる事後報告になっている。実際に何らかのトラブルが発生していたことも少なくはない。それでいて再稼働をすれば重大なトラブルの引き金に繋がってしまうことは間違いない。

「真実」を知らないことは、私たち人間にとって本当に幸福なことなのだろうか？　それとも「真実」という存在を知らない方が幸福なのだろうか？「真実」を知らないことを理由に「関心」や「疑問」を持たないことは、果たして本当の幸福と言っていいものか。原子力発電所、つまり原発の問題についての現状も同じことが言える。原子力発電所・原発問題の正しい「真実」・「現状」・「実態」を知れば、原子力・原発を賛成とする推進派のほとんどが、反対の立場に宗旨替えをするに違いない。これまでの過ちや間違った考えを少しずつであるが認める見解を示すだろう。私たち原発のことを知らない立場の人間、誰もが正しい「真実」と「現状」さえ、しっかり認識すれば原子力の恐ろしさを実感することに違いない。原発の問題について関心を持つ若い世代も増えるに違いない。「原発ゼロ」という言葉が拡散し、広まることだろう。当然、原子力発電所立地地域においては、近い将来には原発再稼働の住民投票を行うべきであると私は思う。しかし都道府県・市町村においての首長は、それらの行為は自殺行為であると模索していることは目に見えてわかっている。そう簡単には住民投票というカードを切る訳はない。大変複雑かつ、矛盾する政治、時として汚い政治（もの）が、未だに存在していることも考えられる。長い物には巻かれろという古い考え方である。ただ「真実」を知らない、「真実」や「現状」を解ろうとはせず、身勝手にも推進する思考や思想を正しいことと言っていいものだろうか。まるで、今この瞬間の光景と言ってもいい。原発再稼働についても、何も解決も改善されないまま、身勝手にも偽りの現状のまま再稼働をすれば、必ず原発事故が起こる最悪の結果になってしまう。そうでなくても不祥事だらけの組織のもとで、再稼働を行なえば、毎日、トラブルの警告サイレンが鳴り響き、最終的には再び福島第一原発事故の光景が現実のものになってしまう。私たちは、あの福島第一原発事故のことを忘れてしまったのか…… 原発の恐ろしさを忘れては絶対にならない。正しい認識や知識さえ持てば、国民の七割以上が原発反対の立場を示すことだろう。そして確実に原発再稼働は反対の結果になる。正しい市民活動が、明日への平和に繋がることであると、私は信じている。

もちろん、すぐにも明日から原発を無くし、原発をゼロにすることは物理的においても、現実において困難なことではあるが、ある一定の期間をかけて計画的に進めていけば、廃炉計画も可能になるだろう。今後の日本において原発は徐々に減らし、最終的には原発を無くす計画を立てるべきだと思う。

原子力問題について大きく事が動いた出来事が存在する。原発を止めた裁判官が現れたことだった。

原子力発電所の現状と問題。戦前のような検閲(けんえつ)的な現状が存在する。例え真実を伝える自然災害・地震被害のドキュメンタリータッチのドラマにおいても、原発被害や原発の恐ろしさについて触れられていないことが現状と言える。真実を詳細に伝えることができないのでは? いわゆる国の検閲的なことが存在している可能性も考えられる。これは国によるエゴイズムだ。「巨大地震でも原発は安全で大丈夫」ということが嘘だと判明し、発電所の耐震性も一般住宅よりも低いという衝撃的な事実も証明されているにもかかわらず、それを信じようとはしない原発推進派の人間。しかし、歯車は大きく傾いてしまった。令和六年八月八日、宮崎県を震源とする震度六弱、マグニチュード七・一の地震が発生し、南海トラフ地震の想定震源域内で起きたため気象庁は、「臨時情報(巨大地震注意)」を発表した。

初の衝撃的な発表になってしまった。南海トラフ地震の幕が開いたことを意味することに、誰もが恐怖を隠せなくなってしまった。最悪のシナリオの幕が開いた序章として、私たちの前に出現したのだ。当然、巨大地震において、もっとも危険な二次災害となるのが原子力発電所の事故である他ない。「原子力、原発は安全だ！　大丈夫だ！　いかなる場面においても安全は確保されている！」もうそれらの言葉は偽りだ。もう、そんな言葉を信じてはいけない。実際に事故は現実のものになった。福島第一原発事故。あの光景を目にして、誰もが原発は危険なものであると気づいたのにもかかわらず、時間が経つにつれ、その光景が薄れている現状になりつつある令和という時代。それは、人間の身勝手な行為と意向によって拡散し、それが間違いにより、常識化したことを意味している。早く目が覚めてほしいものだ。真実を知ることは、時として恐怖である。だが、それを受け入れない限り、原発を止めることはできない。そうわからせるしか他ない。そう、偽りの空想を信じていれば地獄へのカウントダウンが加速する。

令和六年（二〇二四年）桜が満開の頃、縁あって私は、ある原発関係の講演会に足を運び、「原発を止めた裁判長」として知られる、元・福井地裁裁判長の樋口英明氏の講演会に参加をした。小規模な会場での雰囲気は、一般的な講演会とは異なり親近感が溢れていた。初めて感じる空間と、その雰囲気に私は少しの緊張感があった。講演が始まり、樋口氏が優しく、時に厳しく現状を伝える強いメッセージ性に大きく賛同した。樋口氏の、これほど解りやすい原発問題に対する真実と現状に、これまで難しくて理解不能で知らなかった原子力に対する「真実」と「現状」を知ってしまい言葉を失ってしまった。何より樋口氏の伝える説明や見解、解りやすい講演内容には大きな衝撃を受けた。堅苦しいであろうと先入観を持っていた私の失礼な期待外れとなった瞬間に、私は樋口氏の話しに入り込んだ。「ガル」という単位を初めて耳にした。樋口氏が伝える主なメッセージは、「原発は、ひとたび事故を起こせば被害がとてつもなく大きく、原子力発電所の耐震性が一般住宅よりも低いために事故発生の確率が高い。原発は、私たちの常識が通用しない施設である。原発はやめるしかない。」発電所の耐震性が低いということには大変に驚きを隠せなかった。そんな耐震性のもとで震度五以上の地震が発生したとすれば、原発事故の可能性が高まるということになってしまう。それでいて、原子力発電所を含めた組織の人間は、大丈夫だと平然とした対応を続けている。あまりにも間違っている。

樋口氏の講演会後の質疑応答で、心を打たれた印象的な言葉を最後に伝えることにしたい。質問者から「具体的に、脱原発に向けてどうすればいいのか？」という問いに、樋口氏は、こう優しく答えた。「あなたの大事な人、二人でいいです。その二人に原発がとんでもなく危険だという事実や真実を、その他の受け止め方でもいい、原発の恐ろしさだとか、耐震性が低すぎる実態のことでも……　あなたの大事な二人に伝えてあげてください。伝える時に聞いた相手である「あなた」も、同じように、あなたの大事な人二人に、この話しを伝えてください。そうすれば一年以内に一億二千万人の人に伝わりますよ！　それをやってください。それを伝えることは案外難しいでしょ？　簡単そうで難しいです。」その言葉の意味に、会場中が一つの心になったかのような空間を感じられた。人間の言葉には優しさがあるものだ。心が温まった。小さな挑戦を積み重ねれば、大きな未来へと繋がる。それをより実感した瞬間になった。人間だからできる素晴らしさだと、深く感じながら、大きく心を打たれた。

（※樋口英明氏。二〇一四年五月、福井地裁裁判長時代に、関西電力大飯原発三号機四号機の運転差し止めを命じた裁判長として知られる。）

原発は複雑で難しいであろうという、私たちの先入観。だが先入観のせいで、これまで数え切れない程の実態を見逃してきた。その先入観を無くせば大きく現状に対する理解ができる。原発はシンプルであると、そう伝えた。原子力発電所　つまり原発は、人類がコントロールすることができない技術なのである。

東京電力の不祥事　それで再稼働を進めるのか？
度重なる不祥事

かつては、トラブルを隠していた事実もあった

この四年弱で、これだけの不祥事があった。参考のために、簡潔に伝える。他人のIDカードで中央制御室直前まで入り込んだこと。完了したはずの工事に未完了が多数存在。緊急用の消化配管の溶接の手抜き。発電機が運転中に油漏れで停止。ケーブル誤配線が四十一か所判明。一部の不祥事を伝えた。ドミノ崩しのように判明する現状。まだトラブルを隠していると疑っている。次は、どんな不祥事が発覚するのか？　それでいて東電は、再稼働をする能力や適格性があるのかが恐怖でならない。

原発立地地域においてもっとも重要になっていくことが避難計画の策定・制定だ。それに力を入れている現状において、立地地域としては明確に記した原発事故を中心とした「避難ガイドライン」的なものを作成し、万一に備えたシミュレーションのもとで、安全な避難を心掛けるようにする必要がある。一方で、果たして原発事故が発生した場合、それらの避難計画のガイドライン通りにスムーズな避難ができるかどうかについて、大きな問題が残っている。年に数回の原発事故を想定した避難訓練では毎回、問題点に気づき、現実的な問題を追及し、何度も意見交換を行うメリットがあるが、もしも最悪な原発事故時に、冷静さを失わずに避難することができるのかが、私には恐怖で仕方がなくなってしまう。時として残酷かつ現実的な問題は厄介な上に解決が非常に難しい。原発事故を起こさないことが重要な条件になり、現状の体制では信用すらできない。原子力発電所の不祥事の山積には強い怒りになるば

かりである。ある程度の明確な「避難ガイドライン」を作成する必要もあるが、水害や台風のように予期せぬ事態の中、スムーズに避難ができるかが問題になっていく。

正しい市民運動に向けたアスペルガーの私として考える将来の課題

今後において、将来の「脱原発」という未来図。一日も早く現実の光景として映し出されてもらいたい。正しい積極的な市民活動や市民運動のもとで、訴える大切さが重要になっていくだろう。この「革新的な自伝」から、私なりの一つの市民運動として「真実」を伝えようと勇気をだして、このように伝えることにした。自らの考えを。いまできることとして。

市民運動から、未来・将来を反映することを目指していかなければ、脱原発は困難のままになってしまう。単に批判を繰り返し、同じことを繰り返すだけの行為は、違う意味での危険性が発展することもある。これまで通りのように同じことをするのは無意味になってしまう恐れがある。過去、原発問題における不祥事が発生・発覚された場合に原子力発電所、電力会社、規制委員会、都道府県、市町村などに対して単なる批判や非難、責めるだけの攻撃ではすべてにおいて解決は遠のいてしまうだろう。五〇年以上も原発賛成派と反対派の対立が続き、何ら解決が見えないまま、時だけが経過した。その原因に、何らかの責任が発生されていると、私は心を痛めながら感じた。すべては言葉の組み合わせと、明確な例えを用いた説明が、将来における脱原発を進めるにあたって重要になっていくと私は考える。その不祥事に対する場面に応じた目線を現状のまま受け入れることは重要であるが、すべてを受け入れてしまっては解決も遠のいてしまう現実問題が発生する可能性も存在する。不祥事が発覚した過去のケースにおいても、それらの過ちが反映されたと推測できる。

その場面に応じた目線を、少し変えるだけで主張する原子力発電に対する反対意見が注目し、多くの人に伝わり、その考えを広めることができる。脱原発という意見や主張、考えが現実に反映されることも夢ではなくなる。前向きな兆しを実感できることだろう。表現力を活かす、単なる頭ごなしの批判で攻撃するだけでは、過去のように問題は何一つ解決されなかった。不祥事やトラブルが無くなることも、減ることも見られなかった。偏った考え方のもとでは、いい考えや、いい主張も、単なる理屈だけとしか思われず、社会や世の中に広がらないことになってしまう。素晴らしい考えも水の泡になってしまう。アスペルガーの私は、この点について拘るように考え続けてきた。たとえ間違いを追求したところで悲しい現実だが、圧力によって無理矢理にも流されてしまう結果に繋がってしまう可能性もあるのだから、力づくでの解決法は時として危険に繋がることを知ってもらいたい。昔から私たちは周囲の空気に流されてきたのでは？　自分は右に行きたいと思っていても、努力義務に従う周囲の空気に流されてしまう現実的な問題。このように原発問題についても同じことが言えるのでは？　私たち誰もが限られたエネルギーの中において、そのエネルギーを上手く、いかに活かすことができるかが重要になっていく。何事においても、そうだと思う。

より多くの人に原発における「真実」や「現状の実態」、「脱原発」についての関心を持ってほしいことから、これからの市民運動のありかたとして、都道府県・市町村において市民団体によって「請願」を提出することも大きな役割を果たせると考える。地方自治体、地方議会において行政は執行部が決めるのではなく、議会は議員だけで決めるのではなく、市民参加型の行政、議会であるべきだ。これも多様性らしい考えであるだろう。住民投票も重要になっていき、たとえ請願が認められなくても、市民運動によって事実を発信させる方法こそ、最大のメリットと言える。請願を提出する動きも重要なことであるが現実問題の残念さも隠すことができない現状であることを多くの人に知ってもらいたい。議会での数の力によって反対・却下される壁の存在。果たして、それが正しい採決と言えるものか。原発は最大の危険なものであるにもかかわらず、まだ安全であるとの声が高いのは、なぜなのか？　不思議でならない。

今こそ、声をあげなければ何もスタートできない。廃炉についての今後の課題も、考えなければならない事態にまで進んでしまった。廃炉に向けた将来の未来図。その先の五〇年後、それ以上先の五〇年後のことを。そう判断を示さなければならない。同時に、原発に頼らなくても自然エネルギーの活用によって、原発を徐々に、確実に脱原発へと加速していける取り組みを勇気をだして実行する必要がある。自然エネルギーからの産業化。終りの見えない原子力。誰もが求めない原発再稼働。

※想像力の高い私が思う大きな疑問点

原発事故を想定した避難訓練計画について、自らの頭の中で原発事故という「最悪なシナリオ」を想像してみた。いくつかの問題点に気づいてしまった。災害がない場合でも原発事故の確率も高ければ、災害を含めた原因によっての原発事故はより可能性が高くなる。その事故時に、立地地域においては必要に応じた避難計画が進められているが、原発事故が発生した際、果たして冷静さのもとで避難ができるかについては不透明だ。ここでは自家用車、あらかじめ指定されたバスで避難することについての疑問点を述べることにしたい。新潟県において世界一位と言われる規模である柏崎刈羽原子力発電所が立地されていることはいうまでもない。基本的に示してある「防災ガイドブック」によれば原則として自家用車での避難を示しているが、大渋滞になることは確かだ。自家用車がない人はバスで避難と示しているが、本当にバスを集めることができるのか。時間や季節、気候に関係なしに事故はいつ起こるかわからない。大雪や地震や水害、台風などの災害の時でも可能性はある。外出先で事故に遭遇し、学校・保育園や職場、家族がバラバラになっての避難も考えられる。たとえ避難ができたとしても、その後のことは不明だ。避難をして状況が落ち着けば、家に戻ることができるかどうか？　原子力事故の場合、戻れるという保証がない。福島の現状を目にすれば理解できる。未だに福島の緊急事態宣言が解除されていない現状なのである。

原発事故の避難時に、訓練のように冷静さを保って落ち着いて避難ができるかについてだが、見えない放射能によって今にも死ぬかもしれない初めての恐怖との遭遇、予期せぬ事態によって、冷静さのもとで避難ができるか？　その光景は混乱に満ちていることだろう。戦場と同じであるに違いない。そう想像してみてほしい。そうでなくても家族や仲間とバラバラになって、外出先で一人で対応をしなければならない最悪の状況を浮かべてもらいたい。そうでなくても地獄のような光景を目にしながら確実に冷静さを失っているため、避難する際の「二次被害」が恐怖でならないことに気がついた。道路は大渋滞、恐怖のあまり、早く避難、早く逃げたいあまりに、信号を無視する可能性も高まるだろう。歩行者も大勢いる場合も想定する。走り周り無我夢中で逃げる光景。理性を失う人間もいるだろう。もしも避難の時に、自家用車を運転中に車同士の接触事故、歩行者との接触事故が発生した場合、どうすればいいのか!?　救急車、警察などの緊急車両を呼ぶこともできない状況に、どうケガ人を救助すればいいのか？　私は、かねてから、このことが気がかりで仕方がなかった。現状、この場面を予想・想定した危険予測を、行政や原発推進派は、しっかりとした議論をしているのだろうか？　緊急時において何らかの緊急事態に関する法律についての制定や改定をする必要がある。大きな疑問点であり、問題点である。新たな法律の制定をしようが、矛盾する避難計画のもとでは、完全なガイドラインや、完全な避難も困難になっていくだろう。「パラドックス」という現象が「パンドラの箱」のように出現する。この事態、問題における対処法は、本当に存在するのか？　徹底的な危機管理が重要不可欠だ。

この点について、私の見解を伝える。

原発推進派、反対派の双方においても、どちらも目先のことを考えていては現実問題になった場合、単なる言葉だけの空想的な結果をもたらすだろう。勘違いが生じる矛盾とエゴイズム。南海トラフ地震のカウントダウンが始まってしまった現状に対して、これから原発のことを知ろうとする人間にとって、この光景を、どう感じ、目に、どう映っているだろうか。私のいけない癖であるが、一つでも気になったことがあれば、それらを納得のいくまで追及することが多かっただけに、これらに気づいたとすれば無視はできない。目をつぶることもできない。避難時におけるガイドラインを完璧に作ることができても、実際に最悪なシナリオのもとで完璧な避難は困難に等しい。どこまでガイドライン通りにできるかが大きな現実問題であって、今後において先が見えてこない課題になるであろう。事故を起こさないことが前提になっていく。原発を反対する主張のもとで、納得のいくガイドラインは果たして作ることができるのか？　それを待っているだけでは、本当の解決の道は遠のいてしまう。原発を推進し、原発を作ってしまったことに大きな罪があり、それが罰として下されてしまった。人間の罪であって、人間の大きな責任だろう。

自然エネルギーの推進が大きな希望に繋がる。できないと言い続けることとは、本当に正しいこととは思えない。単に不可能と判断する先入観に惑わされている。始めのうちは、ハイブリット（原子力三割、自然エネルギー七割）のように組み合わせながら徐々に自然エネルギーの活用を普及させ、産業の育成に繋げられるようにすることも新しい未来をつくることだと思っている。最終的には脱原発というゴールに向かって歩き続けることを目指していかない限り、このままの中途半端な考えのもとでは、何十年先も、このまま何も変わらないことになる。むしろ悪いシナリオが現実のものになっている恐れもあることを忘れてはならない。

エゴイズムが消滅され、解放されても「原発」がある限り、脱原発を進めることができなければ、終末時計はストップされない。それどころか原発事故に繋がる可能性は地震が起こる確率と同じくらい高くなる。間違いだらけのまま、全国において原発再稼働がされれば、いずれ原発のトラブルによる大事故が必ず発生する。将来の子供たちに原発という負の遺産を残したまま、それを背負わせることは、果たして幸福と言えるのか？　私は絶対にそうは思えない。危険な原発を動かす「責任」は、いつの日か「責任」から、「言い訳」へと身勝手にも変わってしまった。不祥事やトラブルを隠し、もみ消す事態にまで発展した。どんなに多様性が尊重される社会、希望に満ちた社会、笑顔が絶えない環境の世の中になろうが、原発が動く限り、一瞬の最悪なミスで、この世は崩壊し、消滅する。それは将来や自由、日常を奪われることを意味する。それが現実になった場合、責任を追及しようが、もう答えは帰ってこない。それでも再稼働を進めるか？　原発を推進するか？　耐震性が低い原子力発電所を信用するか？

都道府県、市町村、原発立地地域での行政や地方議会の数（議席数）で、原発反対派の意見が無視され、何ら結果や解決すら見られない現状ではあるが、それは「真実」を知らないからこそ、人間のエゴによって数の力を利用していることがわかる。数の力で敗れる現状が残りつつも、いずれ人間、人類は「真実」に気づく。それを願い、自らを信じて脱原発に向け行動を継続するしかない。それが正義である限り。

最悪のシナリオの実態という「真実」から見えた「真実」を、私たちは、こうして知ってしまった……「原発」に対して「過ち」に気づけた人は、自身を認識できることがわかり、「いのち」を救うことができる。脱原発、かつては運命のわかれ道であったが、今は大きく違う。できないと思ったのなら、何も始めることも、何も進めることが困難になってしまう。そんなことは、おかしい。自然エネルギーにおいても、やろうとすれば、できるのではないだろうか！　怖がっているばかりで何も行動をしない現状は、私たちに閉塞感を与え続け、それでいて多様性すら認めてくれない。いま原発を止めなければ、いまが一番のチャンスである。いま、その光に小さな希望が見え、やがて大きな希望へと変化する。

新しい多様性から、市民活動、市民運動で、世界を変えなければ！　一人一人の力が加われば不可能は可能になる。そして先入観を捨て、ひたむきに動き続けていけば、原発をなくすことができる！　その日まで、私なりの新しい「市民運動」を続けていきたい。

多くの人間の、自分たちには原発問題は関係ないとの認識や、関心を持たない傾向も大きな現実の問題である。真実をわかろうとしないだけに……人間が作り出した核兵器というエゴイズムは、最悪なシナリオとして崩壊する日も、このままでは再び現実として現れる。本当の終末時計の存在。死と隣り合わせの中、私たちは日常を、こうして過ごしている。それをイメージすれば、原発問題を含めた、原発再稼働を推進するだろうか。再稼働を賛成するだろうか？　原発推進派の議員、それらの立場の人間に問いたい。

原発は、思い込みのトリックによって運命が大きく左右されることがわかった。先入観という固定観念に従うことは、責任逃れをした政府に従うことになる。終末時計を遅らせるには、脱原発という道に進んでいくしかない。

エピローグ

　令和の終末時計は、この国のラストシーンを物語る。警告すべき未来図。このまま何も変わらず改善されなければ、いずれ自爆をすることに繋がりかねない。現実の光景として、私たちは崩壊する悲惨な場面を目にするのだろう。予想もできない大地震を待っているかのように。

「五つの章」で述べた通り、エゴイズムは私たちの、すぐ近く、目の前に存在することを知ってもらった。確実にエゴイズムにおける序章が加速する。誰もが持っている「スマホ」は私たちの生活に欠かせない便利な道具であるが、使い方を間違えれば一瞬のうちに最悪なシナリオへと発展するもっとも恐ろしい悪魔と言っていいだろう。つまり知らぬ間に加害者になること、エゴイズムを増殖し、それを拡散できる核兵器のように変化する恐ろしさが隠されていることを忘れてはいけない。スマホ一つに支配されれば、もう元の世界には戻れない。私たちは無意識のうちに、スマホに依存し、最終的にはスマホに支配される結末になる。これらの現象によって多くの人間を目にしてきた。彼らはスマホ一台に支配され狂いだした。結末は残酷なものだった。

　警戒心や先入観は「可能」を「不可能」にする。どんな場面にも存在することであって、一つの洗脳という錯覚を現す。物は見ようにより、数多くの形に見える。エゴイズムの世界も同じことだと思う。思い込みのトリックによって運命が大きく変わり、そして終末時計を動かす結果に発展する。それは最悪のシナリオの扉を開かせる引き金になってしまう。

　私たち人間は寿命が限られている。いつ、「生涯」を終えるかは誰にもわからない。不可抗力との隣り合わせという日常。だとすれば、このまま黙って何もしないでいるだけでは、将来の若い世代に負の遺産を押しつけ投げつける行為になってしまい、本当の幸せとは思えない。きっと将来を担う世代の人間も同じことを繰り返すことになってしまう。本当の幸せを知らないまま生涯を終える悲しい結末……何もない砂漠の中を、私たちは今、歩いている。先の見えない孤独と闘っていることに間違いない。押しつぶされる気持ちとの葛藤による絶望と挫折。立ち止まっては、何も生まれない。小さな希望の種を蒔く時がやって来た。エゴを消滅させ残りの生涯を終える時までは、終末時計の存在しない社会や環境の中で過ごしたいものだ。間違ったエネルギーの使い方で、私たちは大きな矛盾から絶望を煽り立てる。解決の道が遠のくばかりに繋がってしまう。そんなのは、おかしい。

「自由」という存在を、どこかで間違えてしまった「過ち」。人間が身勝手にも作り上げてしまったエゴイズム。それに伴い終末時計を加速させる事態にまで発展した。愛や感情を忘れたことによって社会は間違った方向へと傾き、生きづらい世の中になってしまった。だが解決策は、まだ残っている。人生の終章ではないからこそ、人間は、いくらでもやり直しができて、立て直すことだってできる。その最悪な現状を一人一人が受け入れる、正しいエネルギーを高めることができてこそ、エゴイズムが減り、終末時計を遅らせることが可能になるだろう。その小さな意識から、本当の愛や感情、感性を取り戻せることができる。私たちならばできる。それが本来の温かな多様性、幸福なのではないだろうか。いま必要なことは、「薬」ではなく、「愛」なのだから……オアシスを求めて。

かすかに見える、あの日の自分。あの日の読者の皆様。未来は変えられる。

「まえがき」から伝えたこと。誠実だったあの日、心の中に埋めたタイムカプセルを見つけに……　間違った過去の清算。再び、その気持ちを取り戻す時がやって来た。エゴイズムに対する一人一人の意識や常識さえ持てば、本当の幸福という愛が再び私たちの心の中に生まれてくる。誰もが、あの日に、心の中にタイムカプセルを埋めた。それは幼い頃であって当然、忘れていることも多いだろう。しかし、その当時をあらためて思い出すことで、終末時計の存在に気づき、エゴイズムに拡散された現状の社会を知ることが、解決への近道になっていくのだと思う。

私たちの日常は「モノは見ようによって、さまざまな形に見える」

この革新的な「自伝」を出版できた喜びは夢の世界にいるようだ。長い道のりだった。私にとって出版後に本当の意味での自らの責任が生じ、本当の意味での精力的な活動がスタートする。あの日に目にした原風景を、もう一度、目にすること。未来は人から作られるものではなく、自らの多様な無限という世界によって作られる。過去の清算によって新しい未来の扉が開かれていくのだと思う。人生は映画やドラマのようにはいかないが、人生とは旅であることに違いない。

読者の皆様にとって、あの日の自分に再び出会えることができれば、新しい未来（いま）を、作ることがスタートできる。あの日の自分との出会いによって、生き方は変わる。変わろうとすることは、少しの勇気から可能になる。変わらなければならない社会。本来の多様性を広める社会から、笑顔が絶えない子供たちの姿。

読者の皆様にお願いしたいこと。この本を読み終えたあと、読者の皆様にとって大切な人に、この自伝の存在を伝えてもらいたい。この社会を立て直す可能性が高まっていくに違いない。幸せになるために、この世に生まれてきた。いつか、星に手が届くかもしれない未来の光景。胸に閉じ込めてしまった存在（もの）、過去の過ちによって失われた存在。長い間、気づけなかったからこそ、こうして実感できた本当の幸せという宝物。

私は最後に誓う。この日常という存在の中で、一生をかけて、間接的でもいい、命を救いたい。困っている人に寄り添い、救えることができれば、過去の葛藤や経験が報われる。一人の人間として、できることを……「風に立つライオン」のように。

出版ができたことは嬉しいが、私の中でこれはゴールではない。スタートをしたことでもない。私の人生は、まだ始まってもいない。現在（いま）、靴の紐を結んでいる時。これからスタート地点まで歩かなければならない。あの日の原風景を追い求めて……エゴイズムと終末時計が存在しない、未来を創り上げるために。この「自伝」から読者の皆様との出会いに心から感謝。本を手にしてくださり、ありがとうございました。

追伸 出版にあたり、こんな私を採用（拾って）してくださった田中（英ちゃん！）副社長、編集を担当してくださった市川さんに感謝。ありがとうございました。

あすか

プロフィール

あすか

1986年生まれ。新潟県出身・在住。

幼少期から強い不安や恐怖を感じるようになり、
児童心理治療施設を受診。

保育園から登園拒否、小学3年の後期から中学3年まで不登校を経験。

小学5年から中学3年まで市町村が管轄・運営するフリースクールに近い環境のもとで学習や活動をして過ごす。

小学時代から高校時代までお世話になった臨床心理士の先生との出会いから人生が大きく変わる。

2005年 アスペルガー症候群と診断。抗うつ薬を含め複数の向精神薬、睡眠薬を服用により日常・自由を奪われる結果になった。主治医のもとで2012年から1年半かけ抗うつ剤『パキシル』の減薬に成功するが、その後も離脱症状に苦しむことが増えるようになった。

2017年6月 独断で外来を中断。外来通院なしの現状。
苦節18年。現在も精神面のアンバランスに悩まされ、
イバラの道を歩いている。

2020年のコロナ禍で自らの間違いに気づき、悩み続け、YHさんとの偶然の出会いから人生が大きく変わり、ようやく自分らしさを完全に取り戻すことができた。

今の日課は、歩くこと！　そこから多くの場面を目にするようになった。

企画 モモンガプレス

令《れい》和《わ》の終《しゅう》末《まつ》時《ど》計《けい》 上《うわ》辺《べ》だけの多《た》様《よう》性《せい》
〜アスペルガーの私《わたし》に見《み》える世《せ》界《かい》と光《こう》景《けい》〜

2025年1月28日　初版第1刷

著　者　あすか
発行人　松崎義行
発　行　みらいパブリッシング
〒166-0003 東京都杉並区高円寺南4-26-12 福丸ビル6階
TEL 03-5913-8611　FAX 03-5913-8011
https://miraipub.jp　MAIL info@miraipub.jp
編　集　市川阿実
ブックデザイン　洪十六
発　売　星雲社（共同出版社・流通責任出版社）
〒112-0005 東京都文京区水道1-3-30
TEL 03-3868-3275　FAX 03-3868-6588
印刷・製本　株式会社上野印刷所

ISBN978-4-434-35095-5 C0095